日本新锐作家文库

三月的邀请函
三月の招待状

［日］角田光代 著
蔡鸣雁 译

青岛出版集团 | 青岛出版社

图书在版编目（CIP）数据

三月的邀请函 /（日）角田光代著；蔡鸣雁译 . —青岛：青岛出版社，2022.6
 ISBN 978-7-5736-0151-3

Ⅰ. ①三… Ⅱ. ①角… ②蔡… Ⅲ. ①长篇小说—日本—现代 Ⅳ. ①I313.45

中国版本图书馆CIP数据核字（2022）第051238号

SANGATSU NO SHOTAIJO by Mitsuyo Kakuta
Copyright © Mitsuyo Kakuta, 2011
All rights reserved.
Originally published in Japan in 2008 by SHUEISHA Inc.
Republished in paperback edition in 2011 by SHUEISHA Inc.
Simplified Chinese translation copyright © 2022 by Qingdao Publishing House Co., Ltd.
This Simplified Chinese edition published by arrangement with Kakuta Mitsuyo Office Ltd. / Bureau des Copyrights Français, Tokyo, and CREEK & RIVER Co., Ltd.

山东省版权局著作权合同登记号　图字：15-2021-47号

书　　名	SAN YUE DE YAOQING HAN　三月的邀请函
著　　者	[日]角田光代
译　　者	蔡鸣雁
出版发行	青岛出版社
社　　址	青岛市崂山区海尔路182号（266061）
本社网址	http://www.qdpub.com
邮购电话	0532-68068091
责任编辑	霍芳芳
封面设计	今亮后声・任晓宇
插画设计	尔凡文化
照　　排	青岛新华出版照排有限公司
印　　刷	青岛双星华信印刷有限公司
出版日期	2022年6月第1版　2022年6月第1次印刷
开　　本	32开（889mm×1194mm）
印　　张	10.75
字　　数	160千
印　　数	1—5000
书　　号	ISBN 978-7-5736-0151-3
定　　价	49.00元

编校印装质量、盗版监督服务电话　4006532017　0532-68068050
本书建议陈列类别：日本/文学/畅销

译序

三月的希望、三月的迷茫

角田光代，1967年生于神奈川县横滨市，早稻田大学文学系毕业。1990年凭借《幸福游戏》获第9届海燕新人文学奖，自此在日本文坛崭露头角。作为小说家，角田光代无疑是成功的，2003年她凭借《空中庭园》获妇人公论文艺奖，之后她又相继斩获包括第132届直木奖、第32届川端康成文学奖、第2届中央公论文艺奖、第40届泉镜花文学奖等日本文坛大奖，俨然拿奖拿到手软的"获奖专业户"。角田光代凭借实力跻身于日本当代最杰出的女性作家之列。2010年起，随着小说《空中庭园》《对岸的她》《三月的邀请函》《第八日的蝉》等不断被译介,角田光代在我国也受到读者的认同和喜爱。

那么,角田光代小说的魅力是什么呢?我有幸执笔翻译《三月的邀请函》,所以希望通过这部作品谈谈角田光代小说的特点,与读者分享自己对角田光代文学的一点理解。《三月的邀请函》在角田光代系列小说中是比较特别的存在,小说围绕三位青春渐逝、开始步入中年的普通女性展开,传神地刻画了当下她们微妙的生命状态。她们三人是专栏作家蒲生充留、婚姻失败的富家女坂下裕美子和家庭主妇段田麻美。充留事业小有成就,却因年龄渐长,捕捉不到最能扣人心弦的"灵感",而充满事业瓶颈期的焦虑与迷惘;裕美子家境富裕、生活优渥,不需为生活奔波就能满足自己的物质欲望,且与自己大学时代热恋的男友步入婚姻殿堂,但由于丈夫的出轨,她对婚姻感到失望和麻木;家庭主妇麻美没有生活压力,然而一潭死水般没有温度的婚姻生活令她无比苦闷绝望。她们虽各有各的生活,却无一例外充满不知如何在现实中安放自我的焦虑。青春渐远，她们偶尔也会鄙薄自己曾经年少无知的岁月，内心深处却无法割舍曾经激情昂扬、认真哭过、认真笑过的黄金时光。年轻时的她们虽然那么自以为是地追寻过、苦恼过，可是当她们果真握住了曾经梦寐以求的"梦想"时，化作现实的"梦"里不仅没有自己向往的安宁与满足，反而充满了新的苦闷与困惑，令人窒息，令人想要逃离……然而，人生的下一站又在哪里？是尚未完全实现的青春梦想吗？抑或逃离"现在"的人生就能安放自我了吗？未来是什么？她们到底在追寻什么？随着裕美子的离婚、充留的结婚、麻美离家出走后的无奈回归，生活似乎又归于平静，然而小说留给我们的思考依然在继续，这也是角田光代自己的思考。

走进《三月的邀请函》的文本，我们不能不感叹作者的构思之巧妙，小说以坂下裕美子和泽井正道夫妇的离婚典礼拉开帷幕，将所有人物聚拢在笔端，把爱情、友情凝缩于字里行间。小说中的每一个人物都在作者的笔下活灵活现地展现，仿佛在演绎着平凡如你我他的故事一般亲切、真实、可信。小说虽没有跌宕起伏的情节、如痴如醉的痴恋、气势磅礴的渲染，读来却如同冬日茶室里与好友小聚，娓娓道来之间阅过人生风景，细细品味之余齿颊芬芳。

角田光代是一名现代都市女性，她太懂女性，也太擅长写女性。这或许与角田光代自身的经历有关。她在进入早稻田大学之前上的都是女子学校，生活在纯粹的女性群体之中，正因为如此，她笔下的遥香才会呈现如此真实的心理状态；或许因为角田光代有着凭借一流的成绩离开小城市、来到大城市求学的经历，她才会把笔下麻美无法融入新群体的惶惑无助写得入木三分。女性与家庭，女性与社会，女性的爱情、婚姻、交友……，角田光代擅长将不同年龄的女性置于林林总总的关系之中，以"作家+女性"的独特视角观察、思考女性在现代社会中的生存境遇，观察入微，笔触细腻感人，抑或说她传神地呈现出女性在现代社会中的生命困境。渡边淳一对角田光代的评价是恰当的，他说："角田光代真实写出了现代女性的切身问题，将她们的狡猾、温柔、友情等感受融入日常生活中，化为杰出的作品，是过去所未有的现代女性小说。"

我在翻译过程中屡屡被感动，甚至在未曾留意间眼角已泛起泪光。这就是角田光代的文字魅力，她的文字能够触碰到我们内心深处最柔软、最隐秘甚至连自己都未曾发现的部分。感动之余，也让人不由得感佩作者捕捉女性心理、把握瞬间感动的能力。

蔡鸣雁

2022 年 3 月 1 日

目 录

译序
三月的希望、三月的迷茫
1

三月的邀请函
1

四月的派对
25

六月的约会
51

八月的倦怠
79

九月的告白
109

十月的忧郁
139

十二月的焦躁
163

一月的失踪
189

二月的决断
215

三月的回想
243

四月的回家
267

五月的典礼
299

三月的邀请函

拆开淡蓝色信封,取出卡片,蒲生充留一边目不转睛地看着,一边皱起了眉头:"恶趣味。"

"什么什么?"

厨房里面,正在往冰箱里探头张望的北川重春回头问道。见充留不答,他步履轻快地走过来,凑过去看充留手里的卡片。

"派对请柬?"

"是离婚派对。为什么非要办这种仪式不可呢?"

"真是奇怪。"重春兴味索然地说完,折回了厨房,"意大利面可以吗?"他再次打开冰箱。

什么"意大利面可以吗?",明明只会做个意大利面。充留一边在心里咒骂,一边大声说:"可以的。"她坐在餐桌旁慢条斯理地端详着卡片。

寄信人是泽井夫妇——泽井正道和坂下裕美子,他们是大学同学,从大学那时开始交往,在一起已经十五年多了。话虽如此，他们结婚是在三年前，从学生时代到好不容易步入婚姻，光是充留知道的，就分手过八回。分了合、合了分，三年前似乎折腾够了，总算结了婚，结婚典礼是在校园内一处报告厅举行的。用于演讲之类的报告厅也出借用于结婚典礼，但对象仅限于本校毕业生，典礼之后他们又到学生街上的饭店举办了派对。充留当时就曾经苦笑，觉得他们何等恶趣味。当时，裕美子说："便宜呀，五万日元而已。"后来改姓为松本的段田麻美笑道："这么说的话，我当时也利用这里就好了。"而充留却觉得正道和裕美子彻头彻尾把他俩的交往当成了儿戏。

还有离婚派对。卡片上面专门写着"离婚典礼"，还煞有介事地印着"恭请庆祝我们两人开始新的人生的诸位……衷心地感谢诸位在我们婚姻存续期间给予的关照……"。会场虽与结婚派对时有所不同，却再次定在学生街的饭店，好像是家意大利餐馆，没听说过名字，应该是近期刚开张的吧，还免会费。

"傻不傻?"充留小声嘀咕着，她搞不懂他们的心思。眼下已经不是听到"免费"就欢欣雀跃的年龄了，尽管不晓得会请多少人，但她搞不懂两人宁可自掏腰包也要办个离婚典礼的心情。信封上贴着哆啦A梦的邮票，充留觉得或许这个也是两人特意挑选的。

从厨房飘来炒蒜的香气，还传来重春的低声哼唱。

"打开换气扇吧!"她冲着厨房大声喊道。没有回音，取而代之传来了换气扇的嗡嗡声。

"不过吧，"抽出随信寄来的回复是否出席的明信片，充留想道，"虽说抱怨这抱怨那，但我还是要参加的吧。我得打扮得漂漂亮亮地出席，正儿八经地应酬他们的玩笑吧，就像结婚典礼时一直奉陪到三次会①那样。"

"完工了!"

重春双手端着盘子走出来，将饭放到餐桌上——浇

---

① 宴会等结束后结伴转移到另一家酒店继续吃饭饮酒称作"二次会"，以此类推，为三次会、四次会等。

着番茄芝士的意大利面,芝士里面,培根换成了维也纳香肠,油菜取代了菠菜。充留将信封推到一边,鼻子凑近盘子,大声说:"好香,看上去蛮好吃。"

"啤酒?葡萄酒?"

"葡萄酒吧。"

"了解。冰箱里那瓶,打开可以吗?"

"不要开心形标签那瓶,其余的随便。来红的吧。"

说完,充留先开始吃意大利面。重春拔出葡萄酒的软木塞,满上两个玻璃酒杯后坐了下来。

"今年的樱花大概什么时候?"

重春望着窗外优哉游哉地问,引得充留也将目光移向窗户。从三楼公寓的窗户可以看见对面的公园,因中意窗外风景,充留去年买了这套公寓。公园里的树木尚未有吐出花蕾的迹象,枝丫伸向灰沉沉的天空。

"今年会晚些吧。"充留一边心不在焉地回答,一边考虑大约三个星期之后的离婚典礼。谁会来呢?麻美自然会来的吧。宇田男呢?佐山宇田男会来吗?听小道消息说他似乎已定居尼泊尔,又说他好像搬到大阪了,虽不知真假,但住处不明这一点确切无疑。穿什么去呢?去年岁末买的玛尼①有点花哨了吧,周末或者什么时候去买件清爽的连衣裙吧。

"喂,问你怎么样呢!"

充留将目光移向坐在对面的重春。亲自下厨时,重春都会喋喋不休地追问好不好吃。"啊?嗯,好吃。"充留说完,给了他一个笑脸。如果告诉他意大利面煮过了,盐有点多了,重春就会泄气,甚至啰啰唆唆,惹人心烦。

"做成大蒜口味的不错呀,好吃得很!"充留夸张地加上一句,喝了口葡萄酒。

尽管将自己关在工作间里开着电脑,却不知为何提不起兴致。正当充留无精打采地移动鼠标,读着不知什么人的日志,检索着春季时装的时候,座机铃响了。因为最近的电话都是通过手机打进来的,所以座机的铃音听起来有几分亲切感。可能是麻美吧,充留思忖着将手

---

① 意大利服装品牌。

伸向座机。

"收到了吗,请柬?"

果然是麻美。充留简短地回答:"收到了。"

"去吗?"她再问。

"打算去……麻美去吗?"

"去,不过……"

"和老公一起来?"

"才不,丢下他去。"说完,麻美笑了,"朋友的离婚典礼之类,他那人又弄不懂那些事儿。"

麻美二十五岁时结的婚,一直以来就讨厌带老公一起参加小圈子里的聚会。"他不懂我们的规矩。"每次她都这样说。充留却觉得真正的原因可能在于她讨厌他们对她的老公品头论足。虽然她也晓得充留他们不会对别人的老公品头论足,但即便别人在脑子里想想,哪怕是"看上去蛮认真的"或"看样子挺温柔"之类的溢美之词,她也觉得不爽。充留似乎能理解麻美的心情。学生时代就扎堆在一起的小圈子里有一种氛围,虽并非针对谁或针对什么东西,但独特的虚荣和顾虑似乎是必要的。

"唉,说是不要会费,那么是不是应该包上贺礼去呢?"

麻美用一本正经的腔调询问,弄得充留目瞪口呆。

"贺礼?祝贺什么吗?结婚典礼收贺礼,离婚典礼难道还要收贺礼?"

"可是免会费的话,通常都是包点什么去的吧,况且上面又写着庆祝两人开始新的人生。"

"感觉那样怪里怪气的。我觉得想必是这样的吧,他们打算返还婚礼时的贺礼才免会费的。"

她的语气一本正经。到底在商量什么?充留开始觉得滑稽了。总之开了这么个麻烦透顶的先河真够糟糕的,充留想责备裕美子和正道了。

"好了,先不管那个。唉,你穿什么去?像婚礼时那样穿一身礼服裙去怪怪的吧。"

看来这电话要没完没了地扯下去。充留把子机扣在耳朵上,走出了工作间。

"我嘛,和麻美的想法恰恰相反,我打算打扮得招招摇摇地去参加。"

"啊？你说什么？打算招摇？"

"不是，不是招摇。他们特意办这样的仪式，不就是想彻底地玩笑一把么？所以我想干脆认认真真地给他们开个玩笑算了。"

充留面朝厨房，隔着隔断往起居室里看。重春坐在地上，靠着沙发，正在打电视游戏。虽然充留看得懂那好像是角色扮演类的游戏，却闹不清楚他到底在画面上干些什么。画面上，一个戴着毛线帽、漫画少女风格的女孩子正漫步在欧美风情的街道上，她拿起放在角落里的壶摔碎。

"认认真真的，对吧？"

"麻美你穿那身如何？就是他俩婚礼时你穿的那件下摆和袖口带有印花的和服。"

"穿那样的东西，才让人觉得招摇呢。"

"如果怕招摇，他们就不会做这么件异想天开的事了呀。裕美子他们也希望我们恶作剧一把的嘛。"

充留从冰箱里取出矿泉水，单手倒入杯子。电视上的画面突然转暗，出现了一个红色怪兽模样的东西。虽然充留总觉得那过于孩子气了，可是对面的重春正全神贯注，怪兽现身时，他正向前哈着腰，拼命地按着操控键。

"我好像把这规矩给忘了。"

听筒那头，麻美随即发出深有感触的声音。

"规矩？什么规矩？"

"你看，那是恶作剧吧？我觉得这事蛮有趣。"

充留喝了口矿泉水，不让麻美听到地轻轻叹了口气。充留拿麻美这一点很没办法，总之是不中意"规矩"这一类词语。麻美有认死理和单纯的性格特点，仿佛只有人家对她说这件事有趣，她才会觉得有趣，从当初见到她时她就是这个样子。

"倒也没什么有趣的吧。"

充留刚一开口，麻美就打断了她。

"不好意思，好像我老公回来了。那天咱们约着一起去吧？"

她语速很快地报上碰头时间和地点，也不仔细听充留的回话就挂断了电话。

"唉!"

按下子机通话键,充留长长地叹了口气,重春则沉溺于游戏中似乎没有听到。"见鬼!"他拍了下膝盖,低声喊道。充留将喝剩的矿泉水倒进水盆,折回工作间。

充留的工作是给杂志和报纸之类的写专栏。对于"专栏作家"这一称谓,她既感到难为情又抵触,被人问到职业时就回答从事文字工作。

大学毕业后,充留没有就职,而是在一家小出版公司打零工。不就职是有原因的,她希望成为纪实作家。那时充留感兴趣的主要是活跃在大正、昭和初期之前的女性,她从学生时代起就笔耕不辍地写稿并不间断地投稿,然而毕业之后,为了生计要忙忙碌碌地打工,怎么拼命写也难见天日的创作渐渐变得可有可无了。于是,她跟自己要好的一个年长的职员另起炉灶,加入朋友的创业,工作变得愈发忙碌。采访要开张的饭店,品尝、比较拉面,撰写独家上映的电影影评、戏剧评论,可以说无所不写。在她二十六岁的时候,总算能挂署名报道了,转过年来还拿到了女性杂志的连载。所谓工作,类似于挖红薯,年近三十的充留常这么想,一份工作扯出另一份工作,一篇连载牵来另一篇连载。那个时期,仿佛红薯从泥土里骨碌碌滚出来一般,工作量不断增加。

毒舌是充留的专长,无论是电影,还是书或人,通通用粗暴的语言夸大其词地加以贬斥。因为一味贬低的话只会招致反感,所以她捎带着先将自己夸张地贬低一通。

她一直写那样的连载。那个将电视中经常露面的艺人和热播电视剧捆绑并随心所欲地加以贬斥的女性杂志的连载,于前年被修订成一册单行本(书名为《瞧,什么玩意儿?》),那时充留三十二岁。裕美子、正道、麻美,即他们那个小圈子,在居酒屋为她庆贺了一番。

书出人意料地火了,可那之后接到的净是类似的工作——艺人、电视剧或电影的毒舌评论。说起来,充留对演艺圈的事也不是那么了解,对三年前在电视剧里露面的艺人,她差不多尚能全部叫上名字,可是渐渐地,对那些层出不穷地出现的年轻人就做不到对号入座了,如今打开电视能立马一五一十地说出来的也就六七成的样子。她打算铆足了劲儿看电视，追随了解娱乐圈里的事情，不仅在厅里，而且在卧室和工作间里也装上了电视，甚至还预备了浴室专用的电池式袖珍电视。然而最近，电视节目中令人眼花缭乱的喧闹时常让她不胜其烦，而公认为最受女性欢迎的男孩子她也觉得不过尔尔，至于电视剧，哪怕每集都看也领会不透其情节。碰上和艺人对谈的企划，她也会二话不说地推掉。是自己上了岁数？抑或这原本就不是自己喜欢的天地？有一段日子，充留伤透了脑筋，最后她认定原因在于后者。她本来就不喜欢看电视，对艺人什么的也不感兴趣。"对了，我不是想成为纪实作家吗？我不是想尝试着从新的侧面聚光纪实人物人生的某一面吗？"充留念及于此恰恰是在去年这个时候。

不过，因为充留写的是不怎么有分量的毒舌专栏，加之又净是些娱乐圈的题材，所以不可能有严肃的写实作品交给她。虽然她曾如痴如醉地和几个相熟的编辑试着谈起自己那般宏图大志，但他们只是一笑置之，甚至连充留自己都觉得这事不现实，仿佛不叫座儿的喜剧演员正儿八经地策划进军好莱坞一般。

最近，充留全仗着重春的信息。重春比充留小八岁，虽然他看的电视内容仅为充留所看的三分之一，而且看起来也并不接触杂志、报纸之类的印刷品，然而他对艺人们的模样、特征、丑闻等耳熟能详到令人目瞪口呆的程度。每当充留惊讶于他的博见多知时，重春就会说："不过是看了电车里的广告或者听朋友说的。"久而久之，充留觉得重春有独特的品位和直觉。重春从第一集看起的电视剧基本都会大红大紫。不久前，重春痴迷的一部海外电视剧于去年年末出人意料地火了起来，并且他边看边时不时蹦出的淡然感想在充留看来既有趣又新鲜，她有时会将其原封不动地写到文稿里。

看看表已近八点，到头来没动键盘一下。充留切断电源，走出房间，冲着还在起居室里打游戏的重春招呼道："晚饭怎么办？"

"嗯，出去吃？鸟昌什么的。"重春头也不回地问道。

"好想吃豆汁火锅什么的呢。"

"那就去那里，就是做豆腐料理的那家店叫什么来着?"

"啊,对了,还想喝点啤酒呢。"

"那,再等五分钟,我找找优惠券。"

充留在沙发上坐下来,轮番打量着电视画面和重春的头顶。她不大清楚重春要找什么,但他说五分钟,通常要等上十分钟。

重春也并非没有工作,他好像受朋友所托在做网站设计,几乎闭门不出。充留倒也感激他为自己做午餐,但偶尔也会因为他的懒散来气。"不努力"是她的理由,为此引发的争吵不计其数。"我在努力呀。"重春每次都说。"但是不如我努力。"充留总是这样反驳。如此一来,她感到一种深深的自我嫌恶,于是吵架便在充留的自我嫌恶中告终。

"啊,饿死了。"充留歪倒在沙发上恨恨地说道。

"好的好的,再有三分钟。"重春背对着她回答。

充留走出商场时,夜幕初降。几乎在开门的时候进去的,等于一整天都泡在商场里了。移步出租车乘车点旁边的吸烟区,放下两只手里的大包小包,充留从手提包里取出香烟和手机,她点上烟,深深地吸了一口,单手操纵着手机,莫名有种心满意足的感觉。重春迟迟不接电话,充留来气了,他肯定在打游戏吧,那光怪陆离的游戏。

断了她就重拨,重春总算接电话了。

"事办完了。今天晚饭怎么弄?"她问。

"新闻上说樱花开始开了哟。"

重春答道,听声音似乎还没睡醒。充留越发来气了,刚才似乎还觉得这世界上全是自己的伙伴,转瞬之间那种心满意足的心情就荡然无存了。在打游戏也来气,在睡觉也来气,充留在心中暗想。想必在看电视也会来气,在做饭也会来气,大概重春所做的一切都会使自己来气。很早以前充留就留意到这一点了。不过令充留觉得不可思议的是,在她的心里,来气的感觉和喜欢的感觉丝毫不矛盾地并存着。

"那么,去看樱花?"尽管来气,充留还是说道。

"嗯,去Z公园看夜樱吧。应该会有餐饮摊出摊,在那里吃点什么吧。"

在餐饮摊吃晚饭。虽然充留对这样的提议感到失望,却笑微微地轻声说:"杂煮加热酒。"

"那车站见,到附近再打电话。"重春说完,挂断了电话。

将吸短的烟扔进烟灰缸,充留突然间懒得抱着大包小包去车站了,于是到眼前的出租车乘车点排队。没等几分钟就轮到自己了,她将东西放到后座上,坐了进去,说:"杉井的Z公园,认识?"

出租车奔向夜幕初降的街道。透过楼与楼的间隙看到的天空呈现出藏蓝、橙、粉混杂在一起的复杂颜色。她将脸凑近车窗,看着霓虹灯交错反射的街道,刚才的怒火渐渐消退,走出商场时的心满意足感又回来了。

充留今天花了一整天置办离婚典礼上用的衣物——连衣裙与鞋子、首饰与化妆品、手提包与外套。她一边在心里描画着出席离婚典礼时的自己,一边一遍又一遍地反复试衣服、试鞋,一遍又一遍地卸妆、化妆。后排座位上放着的一堆纸袋子应该可以装扮出一个完美的自己,美容院的预约放在两天后。对一星期后即将到来的恶趣味派对,充留望眼欲穿。

公园里没几个赏花的游客,路灯下面,只有零星几处有几个游客铺着塑料坐垫。无论哪一处的小团体都不闹不嚷,安安静静地饮着酒。樱花刚开始绽放,有半数还是花骨朵,大批游客涌来或许应该在下个周末。

"买的吧?"

走在旁边的重春举起纸袋子说。他替充留拎着大大小小七个纸袋子。

"当然是买的。"

充留瞅着重春手上的纸袋子答道。从当初邂逅时起,重春就极为自然地替充留拿东西。那之前因为充留没怎么见过顺理成章地替女人拿东西的男人,所以一开始既感到错愕又难为情,继而为之感动。即便现在,充留依然喜欢看男人替自己拿着东西。

"干劲十足啊!"

充留蓦然似乎有几分扫兴。

"怎么能说是干劲呢？没有的事。"

"还是那个吧，应该是想给当初的同学留下成功女性的印象吧。"

"什么呀，小人之见。我既算不得成功，又不是为了炫耀。"充留越发感到扫兴，"我这是要舍命陪君子，应酬朋友的恶趣味呀。"这般散财为了什么呢？并非想痛痛快快地和终于要分道扬镳的两个人开个玩笑，而是想让别人看到一个完美的自己。让别人看？充留随即在心里问自己。让谁？让裕美子？让正道？抑或让宇田男？不至于吧？宇田男来不来都难说，就算见了面也无话可说，而且也并不想见他。

"啊，餐饮摊摆出来了。有关东煮和烤章鱼丸呢，买过来坐在长椅上吃吧。"重春说完，稀里哗啦地拎着纸袋子跑了过去。充留绷着脸，故意放慢脚步。重春在餐饮摊前招手。

"加上热酒一共两千二百日元。"

费了不少事赶到餐饮摊前的重春笑呵呵地向充留汇报。重春一向让充留买单，对此充留从未往深处想过，只有这一次从手提包里取出钱包时直想咂舌。充留和重春让人将杂煮装进塑料盒里,再费半天劲把单杯包装的热酒拿过来,在长椅上坐下,热气弥漫着腾起。充留斜着眼瞥了一下边小口喝着单杯酒边狼吞虎咽开吃关东煮的重春。

"没想到这么好吃!"重春眯缝着眼说。

"总觉得寒碜。"充留嘀咕着。

"啊?什么什么?"

"咱们俩寒碜,没劲。"

"哎,尝尝看,出人意料地好吃。你可以先吃烤章鱼丸。"

"什么'尝尝看'呀,明明是我买的。"

充留挖苦道,重春却呵呵呵地笑了,白乎乎的热气气势磅礴地从他嘴里冒了出来。

"寒碜,而且总觉得没劲。"

充留又说了一遍。即便再看到放在重春脚边的纸袋子,心满意足的感觉也一去不复返了。

"所谓恋人,本来不就是寒碜的吗?"

说完那样的话，重春将食盒里的红色维也纳香肠放进嘴里。

充留突然记起曾经在这处公园里赏过樱花，那是学生时代，裕美子也在，正道也在。那时麻美不叫松本麻美，而是叫段田麻美。还有宇田男，此外还有好几个人，丘比、邦生、前田他们也在。午后集合，先海喝一通，天快黑了的时候，不知是谁去附近的日用品杂货店买回整套烧烤用具，还生起了火。碳怎么点也点不着，就那点事儿也觉得滑稽，大家都笑得前仰后合的。火倒是点着了，可是浓烟滚滚，闹腾得警察都出动了，闹到那般也还是继续喝酒。记得那会儿裕美子和正道也在为分分合合的事纠结，裕美子突然哭起来，不知跑向哪里了，好几个人去找。邦生则一本正经地数落正道，不出一会儿，邦生和正道扭打在一起，不知哪一个还掉进了水池里，傻了吧唧的。如今回想起来，那会儿的他们也够寒碜的，不光寒碜，也比现在傻气得多，可是他们这群人压根儿就没想过什么寒碜不寒碜。那个时候，仿佛觉得离自己不远的地方每时每刻都有一部电影放映机在转。

在电影放映机里,其他的人都是微不足道的小角色,自己那帮人才是主角。以为放映机会永远不停地转下去,哪怕岁月更迭,哪怕物是人非。

"哦,或许如此吧。"

充留嘀咕着,吃了装在盒子里的一个烤章鱼丸,浇得厚厚的色拉酱酸得不得了。

"呀,这个好酸,变质了吧?"

"不会吧,当真?"

"你尝尝,酸的。"

"不要,吃坏肚子就糟了。"

"凭什么单让我试毒?喂,吃嘛,把这个吃喽。"

充留将烤章鱼丸的包装盒塞给重春,重春坚决不接,却从关东煮的食盒里挑出鸡蛋张大嘴巴一口吃了下去。

"啊,你把鸡蛋吃了!真不敢相信。你明明知道我爱吃鸡蛋的吧。"

"别小里小气的,这样子也像三十岁的人?再买一个来好了。"

"哟,我可没心情吃什么没有蛋的关东煮了。罢了,我要把你那份酒也喝掉。"充留喝光自己的那杯酒后，把手伸向放在重春腿边上的单杯酒，将气味很冲的日本酒倒进喉咙，心口窝周围一下子变得热乎乎的。感觉坐在昏暗的公园长椅上吵架的两个人挺滑稽，充留笑了起来。

"哎呀，你喝醉了。"

重春一脸吃惊地说道，充留益发放声大笑。前面不远处有一群赏花的人，他们铺着蓝色坐垫，正围着橘黄色的油灯吃火锅还是什么。有几个人回头看了看笑个不停的充留，又回到自己的谈话中。充留仰起脸，漫无目的地数着樱花的花蕾。被树枝分成小块的夜空是紫色的，如此说来，充留依稀忆起学生时代赏花的夜晚，天空也是紫色。泽井夫妇的离婚派对是下个星期，她在心里反复确认。充留意识到自己并不相信他们二人就要分道扬镳了。

四月的派对

因为预约离婚派对的是坂下裕美子,所以那天是泽井正道的生日并非巧合。裕美子特意选择在正道生日那天举办离婚派对。

在静得毫无生活气息的卧室里,裕美子穿上白色连衣裙,费劲地拉上拉链。连衣裙是两年前在伦敦的旧衣店里淘来的,式样简洁的敞胸设计,腰部渐渐收细,长长地一直拖到脚踝。她戴上那条下班途中捎带着买回来的大得夸张的绿宝石项链,走出卧室,站到玄关的镜子前。

"不太搭啊。"她自言自语,回到卧室,从摊放在床上的首饰中挑出一条啰里啰唆缀满饰物的颈链,再次回到镜子前。"这条能强点吧?"她边说边走下玄关,找出浅粉色的浅口皮鞋穿上,穿着鞋走进房间,又一次站到镜子前。"这样子还可以吧?"这样嘟囔着,裕美子终于意识到自己在自言自语,旋即感觉站在镜子前傻里傻气的。她默默地回到卧室,脱下连衣裙丢在一边。

本打算穿着黑色礼服裙参加明天的离婚典礼，她简单地认为既然结婚典礼上白色是定规，那么离婚或许应该是黑色。然而一星期前她突然觉得，穿黑色的话，仿佛对婚姻还心存眷恋一般，所以决定改穿白色。裕美子还保留着三年前的结婚礼服，但总不能穿那个，新做一件又划不来，论起手头的白裙子，也就只有一入夏穿的套裙和伦敦买回来的旧裙子了。感觉旧裙子还像那么回事，就选了它。两年前的伦敦之行是新婚旅行。

将白色连衣裙挂到衣架上，裕美子走进厅里，从冰箱中取出易拉罐啤酒，坐到电视前的沙发上打开电视。她瞟了一眼墙上的钟，已经过了十点。这一年来，正道十二点之前回家的次数屈指可数，不过今天是他们作为夫妇的最后一天。明天将在派对前递交离婚申请，把那一场景用摄像机录下来，在派对现场播放（是结婚典礼的戏说版本，邦生曾经将递交结婚申请的场景用摄像机录下来，在派对上播放）。离婚派对结束后，尽管还没有敲定新的住处，但正道不会再回到这里了。他们这样约定。

因此，今夜是他们作为夫妇的最后时刻。可是他到底打算几点回家呢？裕美子茫然地将目光转向电视思忖。她渐渐动了气，莫名感觉自己受到了轻视。她从挎包里掏出手机，找出正道的名字，打算摁拨号键，然而裕美子目不转睛地凝望着屏幕上正道的名字。

如果对他说"今夜是最后一晚了，早点回来"，正道或许会立即打道回府，可是两个人面面相觑时，到底该说点什么好呢？彼此互道"真高兴呀"或是"总算……"吗？怎么会？已经无话可谈了。

电视里正在播新闻，是连环追尾事故、民房火灾、杀人案的连续报道。她将喝完的啤酒罐捏扁，又取出一罐拉开拉环。

这套租金为十四万八千日元的大两房由裕美子继续居住，因为几乎所有的家具都是裕美子的或是新购置的，所以即便正道搬走也几乎没有任何改变。说"你出去！"的是裕美子，决定继续住下去的也是裕美子，拿到离婚申请第一个填写的也是裕美子，说到底，冷不丁提议要办派对的还是裕美子。

想到这里，她哭了。吸溜了一下鼻子，裕美子察觉到自己哭了，流下不带任何感情的、宛如排尿般的眼泪，而视线依然落在拿在一只手里的手机上面。然后，她莫名地有种奇怪的感觉，感觉自己从十八岁开始一直待在这个地方，在电视前面的沙发上，在只有她一人的房间中，无谓地淌着眼泪。

裕美子觉得实际上从十八岁起就一直待在同一个地方。对裕美子来说，世界只有两种情况：正道存在或者不存在。自己总是蜷缩在正道不存在的世界里想象着正道存在的世界。对正道说"你出去！"的时候，裕美子猛然间醒悟并在内心深处打了个寒战——十五年来居然一直待在同一个地方。

裕美子期待着明天的派对，也同样期待着明天即将开始的没有正道的日子，她觉得那想必会令人神清气爽。裕美子知道，哭泣并不是因为悲伤，就算不悲伤，人也会哭，仅仅出于习惯，人也会这般哭泣。

拿在手里的手机突然响起了音乐。裕美子一惊,啤酒溢了一点儿出来。音乐很快停住,她确认了一下收到的短信,是正道发来的,写着:"现在在车站,便利店有需要的东西请讲。"裕美子慌忙拿运动服袖口拭了拭眼角。

裕美子想象着走在店铺纷纷打烊的商店街上的正道。裕美子知道,在手机上打出"现"字,备选框中就会连续出现"现在在车站",打出"便"字,备选框中就会连续出现"便利店有需要的东西请讲"。如果在自己手机上打出"什"字,就会出现"什么都不需要"的备选框。总觉得只需打出一个字就能显示多种备选框的短信功能象征着自己的夫妻关系,裕美子一边想着,一边走到卫生间,仔仔细细地洗了下脸。

自己蜷缩在同一地方的十五年里,手机登场了,电脑普及了,卡拉OK练歌房遍布整座城市,检票全部自动化,相机成了数码的,传真不再是卷纸式。她一边确认哭过一事会不会露出马脚,一边吃惊地思索着。门口响起了窸窸窣窣的开门声。

"回来了?"裕美子从卫生间里探出一张笑脸。正道将单手拎着的纸袋子提了上来。葡萄酒瓶子从纸袋子里探出头来。

"怎么,想喝点葡萄酒感怀一番?"

裕美子跟在往厅里走的正道身后说道。

"嗯,想感怀一番的哟。"

正道一本正经地回答,引得裕美子笑了起来。

五香海苔、冷冻烧卖、咸饼干、烤鹅肝酱等冰箱里的多余食物,以及正道买回来的白乳酪和明太鱼子,乱七八糟的组合摆上餐桌,裕美子和正道在各自的座位上就座,碰杯喝酒。那还是麻美作为结婚贺礼送的力多牌①葡萄酒杯。

"这一来冰箱就空空如也了。"裕美子喝了一口葡萄酒说道。

"这么说,我们必须一扫而光喽。"正道托起高脚杯底部不停地转动着。

---

① 奥地利著名酒具品牌。

"葡萄酒味道不错呢。"

"下狠心花了大价钱的。"

"冰箱腾出来,我就可以光放自己喜欢的东西了。咸鱼、滑溜溜的瓶装朴蕈,还有那鲜黄的腌萝卜,都不用往里放了。"

"哈哈哈哈……"正道放声大笑。在坐在对面的裕美子看来,他笑得仿佛打心眼里觉得高兴一般。裕美子感觉内心深处的某个地方,一粒葡萄干大小的地方,变得硬邦邦的。

"明天到底会来多少人?"正道站起来,蹲到音响前面挑选CD。科斯特洛①的歌曲轻轻响了起来,歌曲的开头部分突然唤起了十四年前的情景,这一情景浓墨重彩地从眼前滑过。裕美子踌躇了,那时他们曾去武术馆听来日演出的科斯特洛的演唱会。黄昏的天空,正道身上穿着卡其色的旧夹克。

"来三十个人,轻松。"

---

① 即埃尔维斯·科斯特洛,英国歌手。

"多像同学聚会啊。"正道回到座位上，将一只烧卖放进嘴里，朝着裕美子笑道，"总之，我们的筹备工作很成功呐。噢，我得记着待会儿把鞋擦擦，穿着脏乎乎的鞋子，会让人觉得我已经成了惨兮兮的老光棍呢。"给裕美子的杯子添上葡萄酒，他低下头微微一笑。

裕美子觉得心里面葡萄干大小的硬疙瘩刹那间变成了拳头大小。不可以，她想。今天不想发生无聊的口角，自己和正道都再清楚不过，那样的口角不具有任何意义。不要恶言相向，不要讽刺挖苦，裕美子宛如背书般想道，不过另一方面她又无比地渴望伤害坐在对面的男人。并不是想让他道歉，也不是想让他重新思考，更不是想让他找出其他的解决办法并进行深刻的反省，并不是因为想让他做那些事情才想伤害他，而仅仅是想伤害他，想让他觉得不舒坦，想让他收起看上去兴高采烈的笑容。无论如何都无法抗拒那样的心情，等觉察到时，裕美子已经开了口。

"明天的住处不是星期公寓，而是女人那里吧？你是因为要搬进那个女人的住处，所以才把所有的家什通通扔下的吧？"

"又要说这个？"正道并没有厌烦，而是做出一副敷衍的笑容说道。

"没什么的，你就是彻底搬到那个女人那里我也无所谓的。因为你就是那号人，自尊心强，可也正因为这一点才浅薄，单枪匹马什么都做不了，名副其实的一事无成。你搬去那个女人那里继续像过家家一般过日子，然后不知什么时候突然间意识到自己产生了责任感，于是慌忙把脸一翻落荒而逃。我是清楚的，因为清楚，所以我只同情那个女人，可是让我来气的是你对我加以隐瞒。你现在不必再对我说什么星期公寓了吧，我们已经不是那种关系了吧。你告诉我：'我要去那个女人的家里啦。'我会说：'噢，是吗？加油啊！'我们难道不是这样的关系吗？你对我撒这么不地道的谎让我动气。"

话不假思索地脱口而出，裕美子意识到自己期盼着狠狠骂对方一顿。她打了个寒战，与其说是因为那种强烈的念头，莫如说是因为自己内心的冷酷情感。可是不管自己骂得如何难听都依然无法伤害到正道心里最柔软的部分，裕美子也清楚这一点。语言起不到任何作用。这就是裕美子在这一年里，弄不好是在和正道扯在一起的大约十五年里学到的事情之一。

"科斯特洛一去不复返了啊！"正道仰望着天花板怀念地说。在坐在对面的裕美子看来，他看上去仍然是打心底里怀念。"尽管这事那事的，可和你在一起我特别特别快乐。"

嗓子眼里整装待发的骂人话唰地全部蒸发掉了。裕美子咬着嘴唇把葡萄酒瓶子拖到眼前，往自己的杯里倒了满满一杯。她想：和我不同，正道深谙伤害我的办法。有趣的是，这个男人比自己的亲生母亲和多年的闺中好友更能一发即中地伤害自己。花费十五年时间所掌握的竟然是如何使对方受到伤害，她感到的不可思议更甚于讽刺。

"是啊！"

裕美子怀着举白旗投降般的心情咔嚓咔嚓地嚼起了五香海苔。

光线昏暗的酒店里，裕美子坐在座位上看着影子般走动的男女。大学时的朋友们，连同他们工作上的伙伴，参加派对的人何止三十人，都快有五十人了。因为是立餐会，学生时代的朋友们像同学聚会般兴致盎然，他们一手端着盘子，一手端着酒杯，一片欢声笑语。工作上的伙伴们、彼此认识的人凑成一堆喝着酒。或许是所有人都为穿什么来感到困惑吧，参加者的打扮五花八门，有人穿着衬衫牛仔裤，也有人是西装打扮，还有人穿着旗袍唐装。

找寻着正道的身影，裕美子看见一身西装的正道加入了工作伙伴的阵容，不知在谈些什么，腰都笑弯了。

离婚请柬在派对前寄了出去。两个人身着参加派对的盛装去了区政府，本冈邦生用摄像机将那场景摄了下来。裕美子和正道从头笑到尾，感觉像在做一件极其有趣的事情。记得有过那样的心情，学生时代总是那样的心情——喝得酩酊大醉瞎闹腾，睡在马路上，或者拿喷雾器将进入视线范围内的所有道路标识乱喷一通，还将咖啡店准备的烟灰缸、叉子和刀子通通带回来，然后傻笑一番。就是那种心情。

晚上七点，派对在邦生的主持下拉开帷幕。几个朋友上去致辞（什么一次有勇气的决断啦、一场盛大的离婚啦……大概他们故意说得一本正经），然后随着大音量播放的滚石乐队的音乐进入欢谈时间。之后递交离婚申请的场景录像在白色墙壁上播放，人们又一次进入欢谈时间。有几个人来到裕美子和正道那里询问导致离婚的原因、办派对的缘由之类，还恶作剧地合了影，发出不低于音乐声的欢呼声，然后回到大厅的人群中。

方才那种莫名其妙、感觉在做有趣事情的心情依然残存在裕美子的心里，同时她也恍然间感到束手无策。

"什么都没吃吧？"

盛着食物的盘子被递到了眼前，抬头一看，蒲生充留站在面前。她身穿式样简洁的宝蓝色连衣裙，将盘子递给裕美子，又取来两个葡萄酒酒杯，在裕美子身边坐下。本以为会被追问离婚原因，裕美子在心里准备着应答，而充留却凝神看着地板说："宇田男来了。"

"请他了嘛。"

裕美子开始吃盘子里的饭菜——凤尾鱼意大利面、番茄味通心粉、紫苏风味的鸡肉。

"就算请他，可宇田男那人也行踪不明吧。请柬寄到哪里了？"

裕美子抬起头目不转睛地看着充留。在裕美子眼里，充留是成功女性。如果这样说，正道肯定会咧咧嘴说："你判断成功的标准是什么？"成功、失败、幸福、不幸，正道顶讨厌简单地使用这类词语，不过裕美子还是认为充留是成功的。她做自己喜欢的事情，比同龄人赚钱多，对未来满怀梦想，不依靠男友，这就是裕美子心目中的成功。充留比学生时代漂亮了，即使在这样的场合，她看上去也比其他众人格外炫目，就是基于这层原因。裕美子闹不明白为什么这样一个充留偏偏放不下宇田男呢？为什么巴巴地搬出"行踪不明"这样浪漫的词语呢？

"怎么可能行踪不明？宇田男住在下北的。"

"哦？下北？真的吗？不是说去了尼泊尔还是大阪？"

"没有工作，追逐潮流模仿自由旅行者，然后钱花光了就暂时回到埼玉县老家，讨厌家里频频催着他出去工作，回到大阪，就那样效仿流浪汉，然后不知跟什么人借了钱回到东京。"

把空空如也的盘子推到一边，裕美子将葡萄酒一饮而尽，杯子上油腻腻地沾着口红和饭菜油脂。裕美子蓦然觉得"做有趣的事情"的心情一截一截地消退了。

"自由旅行者？流浪汉？宇田男果然不一般啊！"

充留小题大做地叹了口气，招呼走过的女服务员添酒。"麻烦连瓶子一起拿来。"她大声加了一句。

"不一般"这一说法里面饱含着赞赏，察觉到这一点，裕美子兴味索然。对裕美子而言，如果说充留是成功女性，那么宇田男就是失败的男人，是不光彩的失败者。女服务员取来葡萄酒瓶，充留给自己和裕美子满上酒。裕美子望着大厅，拿起酒杯喝了一口，酒吧角吧台上的宇田男进入她的视线。他正和麻美脸凑在一处说话，头发梢漂染成白色，穿着紧身西装。

"老土。"裕美子心里嘀咕道，"一个极普通的落魄男人嘛。"

视线从宇田男脸上移开，裕美子嘟囔道。充留听了那话，仰头看着天花板笑了。音乐换成了马克·波兰①的，裕美子愈发察觉到自己想即刻回到家里，和学生时代的伙伴瞎闹腾也好，如此这般地策划离婚也好，早已只能使她感到无聊而已。

"比萨好像已经烤好了，吃吗？"

正道两手端着盘子，神情和平日里别无二致地走了过来。他将盘子递给裕美子与充留，在充留旁边坐下来。裕美子低头看着盘子里的两块比萨。

"我以为你俩绝不会分开呢。"

充留出其不意地对正道说。

"我也这么以为来着，可是……"正道的回答听上去十分遥远。

"那为什么要分开？该不会是想一年后再办个结婚派对敛钱吧？"

"哈哈哈哈……"正道快活地笑了，"先不说那个，充留你怎么样？不和现在的男友结婚？"

---

① 欧美乐队组合，"华丽摇滚"的先驱。

"结婚嘛……那我问你,结婚快乐吗?"

"没什么特别,和其他那些平常事一样,有快乐也有不快乐。"

裕美子眼望着比萨听二人交谈。一方面她希望他们不要再说,而另一方面又希望充留提出种种问题,想知道正道给予那些问题的答案。

正道一边和自己在一起,一边与其他女人来往,并不是如今才有的事情。裕美子十八岁的时候开始和正道交往,交往第一年,正道就有了其他喜欢的女孩子,当时正道提出分手,说:"喜欢上了别人,不能和你在一起了。"

对那时的裕美子来说,正道是她第一个正儿八经的(有了肉体关系的)恋人。因为那是她第一次失恋,所以她觉得天都塌了,诅咒不为正道所爱恋的自己,也投入所有情感去憎恨正道喜欢的女孩子。可是和裕美子分手后,正道一有什么事就给裕美子打电话,在校园里看到裕美子时也会特意叫住她,向她汇报新的恋情。因为正道的恋情进展不顺利,所以他永远都在探讨恋爱。尽管裕美子不明白正道与分手后的恋人探讨恋爱的心情，却绝对不拒绝，甚至还给他出主意。

"做一次不就有办法了吗？"她故意粗鲁地说。

当然，每当那种时候她都会心痛，挂断电话后还会痛哭流涕。自己被岂有此理地伤害了，裕美子想。不过对裕美子而言，比起跟正道毫无瓜葛，倒不如当他的恋爱顾问好一些。

最终，那个他喜欢的女孩子彻底不搭理正道了。顺理成章地，他们重归于好。那以后整整十五年来，同样的事情不断重复。正道有了喜欢的人，然后一准会被裕美子知道，既有正道提出分手的时候，也有裕美子提出分手的时候。因为正道有了新的恋情导致分手的有五次，因为觉得反复如此太荒谬而分手的有三次，因为裕美子下决心要谈一场新恋爱而分手的有两次。这次的离婚尘埃落定之后，裕美子数了一下。所以说，因为正道花心导致分手的这是第六次。

正道这次的恋人是名二十五岁的舞蹈演员。裕美子知道他们好像是在一场名为"异行业联谊会"的联谊会上相遇的。秘密像漏水一般泄漏也好，裕美子探得真相也好，豁出去的正道将真相和盘托出也好，自十九岁起就一成未变。豁出去的正道什么都说，什么都交代，所以裕美子甚至知道那个二十五岁的舞蹈演员叫野村遥香，还知道她住在东中野，甚至见过她的模样，尽管是在手机相册里。

对野村遥香，不可思议的是她甚至没有心存嫉妒。裕美子真心实意地同情她，觉得她可怜。二十五岁的遥香或许会因为和正道的亲密关系而体会到本不必介意的嫉妒、猜疑、愤怒、荒唐等。正道什么也给不了她，无论是物质上的，还是精神上的，所以她从今以后或许只是虚度光阴罢了。当向正道提出想离婚的时候，裕美子有一种想知道未来的心情：和自己分开后的正道会怎样？二十五岁的遥香会怎样？她想见证他们的未来。

"快要接近尾声了，再过一会儿该最后的致辞了。"

邦生走过来对正道说。

"不要紧？喝多了吧？"

正道望着裕美子。

"这点酒她怎么可能醉?"充留说。

"是啊。"

正道笑着点了点头,站起身。音乐的声音小了下去,邦生手持话筒开始做二次会的说明。

"还要致辞什么的吗?"充留错愕地说。

"那个,要的吧,婚礼时不也做了吗?"裕美子笑着站起身,到正道后面排着。

"下面请即将踏上新的人生道路的二位致辞。"

他把话筒递给了正道,裕美子站在他身后望着他的背影。正道开始讲话,他似乎开了个玩笑,会场上响起笑声,传来唏嘘声。

"所以请参加二次会,不要回去哟。"正道说完,回头将话筒递给裕美子。裕美子接过来,仿佛观察珍稀蔬菜一般端详着话筒。喧闹声渐次平息,裕美子仰起头。权作舞台的大厅正中央由于灯光照射的缘故,人群看上去像影子一般。大家都在期待着我讲点什么,裕美子心想。

"假如我现在二十岁,"裕美子觉得通过话筒发出来的自己的声音像别人的一样,"或许和这个人分手会让我悲伤得不能自已,还可能会将这个会场炸掉。""噢,炸掉吧!"什么人喊道,响起短暂的笑声。"不过,我已经三十四岁了,现在我觉得特别高兴,并不是为和这个人分手感到高兴,而是为未来的不可预测感到高兴。"看见酒店尽头倚着吧台站立的宇田男,充留不知何时站到了他的身边。"在场的诸位都不认识不和泽井正道在一起的我,连我自己都已经忘记不和泽井正道在一起的自己是什么样子了,所以对于明天自己即将变成什么模样,我一无所知。我为自己热切期盼着这些事情感到高兴。对了,我忘了,正道,生日快乐!"

掌声响起。抱着花束的麻美出现,给了正道和裕美子每人一束。掌声又起。裕美子和正道对望着笑了,鞠了一躬。音乐响起来,蓝尼·克罗维兹①的,二十三岁时听过的曲子。大厅里的灯亮了,吵嚷声重新响起,人们开始缓缓地走向出口。

"从明天开始加油吧。"正道手拿花束说,"我会声援

---

① 1964年5月26日生于美国纽约,美国当代最杰出的摇滚歌手之一。

你的。"

在裕美子看来，这有点演戏的味道，可是她知道正道说的是真心话。因为正道身上有一种可以称之为钝感的好品质，能毫不难为情地说出那样的话，所以裕美子也诚恳地说道："我也为你加油哦。我永远为你祈祷，祝愿你的一切能够一帆风顺。"

裕美子被麻美和邦生夹在中间走过了去二次会的那段短短的路程，宇田男和充留则走在前面。人行道在居酒屋和便利店的霓虹灯招牌的映照下显得格外明亮。到处都是围成一圈吵吵嚷嚷的大学生，他们或者唱歌，或者蹲在地上呕吐，或者高声地结账。看起来都是些小孩子，大学生竟然这么孩子气吗？裕美子感到吃惊，目不转睛地看着他们。

"这是因为又到新学期了呀，迎新联欢会又开始了吧。"

"感觉就是前不久的事，却已经十五年了呀。"

"说起来，这帮小子在我们读大学那会儿还是婴儿吧。"

"感觉我们进大学时他们刚刚学说话。"

裕美子心不在焉地听着邦生和麻美的对话。

自始至终待在同一地方。裕美子再一次深切地体味到这一昨天刚刚体会到的感觉。十五年并没有真正逝去,我们,不,仅仅是我自己,不正在同一时间里原地踏步么?走在前面的充留和宇田男、走在身边的麻美、不见踪影的正道,在裕美子看来,这是和十五年前完全一模一样的情景。

"二次会在居酒屋吧。这不是和举行毕业联欢会的地方是同一座楼吗?"

"没错儿,能预订三十人的也就那儿了。"

"哟,真像进入了时光隧道。"

"裕美子你没事吧?眼神有点发呆呢。"

邦生和麻美凝神端详怀抱花束默默行走的裕美子。

"呵呵呵……"裕美子吐出一串笑声。

"笑什么?"

"醉了?"

"感觉又从十八岁重新来过了。"裕美子说道。

当真有那种感觉，仿佛回到了遇到正道以前，重新开始了每一天。

"感觉像与那些成群结队的孩子们相同的年纪。"

"哪里会有那种事?！从前的光阴没有虚度的嘛。"

麻美用无异于学生时代的一板一眼的口气说道。不是那回事，不是虚度不虚度那类问题。怎么说呢，是很严重的问题。什么悲伤啦、痛苦啦，已经不是那类问题了，而是真正令人震惊的什么。正道被从自己身边拽走之后，和那里那些喝醉酒呕吐的孩子毫无二致的我又出现了呀。这难道不是严重的问题吗？裕美子想对麻美诉说，却觉得想必又会得到一个风马牛不相及（且焦虑不安）的回答，于是她笑着说："我觉得麻美你是不会明白的，因为你是一个幸福的妻子。"

"什么呀?！要是那样说的话，就连裕美子你也一点都不了解我呀。尽管我不会明白，也不要说那种话。"

麻美像小学生一样噘起嘴，较上了真。

"哎呀，喝醉酒好讨厌。请进下一家店，拜托不要喧哗或打碎盘子哟。"

走在前面的充留回过头来,问道:"那座楼吗?"

她指着面向车站前环形交叉建成的高楼。顺着她指的位置抬头看去,是被霓虹灯染成紫红色的夜空。

六月的约会

究竟是什么东西不对头了？松本麻美在自家的厨房里思索着。厨房台面上放着一个洋葱、一把芦笋、一盒鸡腿肉，可是低头看着这些东西，还是想不起来自己到底要做什么。麻美拿手指划着覆在盒子上面绷得紧紧的保鲜膜，鸡肉冰冷冰冷的。

仿佛被远处的遥控器遥控了一样，麻美机械地走出厨房，拿起放在餐桌上的手机，没有短信和电话，也没有来电记录。

倒也是了，麻美想。宇田男不是说了再联系就会规规矩矩打来电话的那种类型，或许等到以为他不再联系、把这事忘了的时候，他才会若无其事地打来电话吧。比起那些事，还是先解决晚饭吧。刚要放下手机，显示屏突然亮了，响起收到短信的铃音。麻美吃了一惊，不由得把手机甩了出去，手机发出沉闷的声音掉在餐桌上。

战战兢兢地拾起来打开翻盖，是老公智发来的。短信内容为:"现在在京桥站,这就回家。""知道。"简短地回复后,旋即又收到回复。

"晚上吃什么?午饭吃的咖喱,不会又是咖喱吧?"后面是个莫名其妙的图形。"烤鸡和中华炒饭吃哪个?"麻美站在桌旁再次回短信。回复在数秒钟后收到:"希望是中华炒饭,我去买点绍兴酒什么的吧。"

麻美握着手机看向空中,思忖了片刻该如何回复,最终却将手机放在桌子上什么也没回。老公智应该并不是短信狂,却有发过去一个短信就没完没了地进行回复的毛病,都是些夹杂图形、无关紧要的短信,如果自己不中止就会无休无止。他在电车里也不看书,似乎有座位的时候也睡不着。麻美觉得他肯定是因为闲得慌。

"嗯,中华炒饭吧。"麻美自言自语地折回厨房,将冰箱反复地打开、关上。

除了鸡腿肉和洋葱,萝卜和装在瓶子里的花椒粒也被摆上了厨房台面。摆好后,她却猛然记不起要做什么了。

状况明显不对劲了,她不得不承认。然而一旦承认,麻美又为这状况不对劲感到惶惶不安。

为什么会是我?为什么既不是刚刚离婚的裕美子,也不是学生时代要好的充留,更不是在场的其他一众华丽开朗的女孩子,却偏偏是我?不过确切无疑是我,宇田男过来打招呼的是我。

麻美又开始反复琢磨自四月份的离婚派对以来不断思考的同一问题。

那天在意大利餐馆举行了一次会,在学生时代曾经去过的居酒屋举行了二次会,三次会选在了卡拉OK练歌房。参加二次会的三十几个人的原班人马拥向三次会。由于卡拉OK练歌房没有容得下这么多人的房间,于是剪子包袱锤分组,几个人一组分别去同一层的单间。麻美和泽井正道以及邦生他们一个房间,同往常一样,她没有唱歌,只是在他们唱的时候跟着打拍子。中途去洗手间时在走廊里和宇田男不期而遇,和他站着聊了一会儿,不知什么时候他们已经在楼梯平台上了。

从站着闲聊到楼梯平台期间到底发生了什么？麻美屡次试图回忆，然而偏偏那段记忆每次都像拔掉牙齿一般戛然而止，无从忆起。总之，等回过神来已经和宇田男在楼梯平台上拥抱在一起了，彼此嘴唇吸在一起接吻，任由宇田男将手伸进内衣里面。

麻美感觉自己的身体仿佛已经时隔百年未被触摸了。她感觉直到那一刻，自己才被告知嘴唇、耳垂、脖颈、乳房等不单单是合理性的器官，还具有什么更特别的意义。

"在这个地方做吧。"宇田男笑着说。不消他说麻美也想做，只不过她还远远未醉到将其付诸行动的程度。在几近清醒的状态下在卡拉OK练歌房的楼梯平台上做爱，对麻美来说是相当困难的勾当。于是她说："下次吧，下次再有机会吧。""再有机会吧。"宇田男模仿麻美的措辞说道，并用干燥的嘴唇轻轻摩挲麻美的面颊。"那我再联系你，我会联系你的，请创造机会。"宇田男用双手捂着麻美的脸颊说，神情和学生时代毫无二致地笑着。

麻美之所以没有在当天或第二天下午告诉充留或裕美子遭宇田男示爱一事，是因为她很清楚这事不成体统。又不是二十岁上下的年轻人，早就年过三十，就算有隐情，跑到卡拉OK练歌房的楼梯平台上调情也没有一点情调。但倘若搁在十五年前则会让所有人兴致勃勃地听自己讲述。

收到短信之后整整过了三十分钟，老公智回来了，走廊里传来"我回来了"的喊声。麻美在厨房里大声应道："回来了？"接着传来卧室门关上的声音。

鸡肉炒芦笋、萝卜鸡蛋汤、脱骨沙丁鱼拌麻汁扁豆，与其说是中国料理，莫如说是简单的家常菜被摆上了餐桌。麻美从冰箱里取出冰过的酒杯放到自己的位置上，再将电视的音量调大。

换上针织裤T恤衫的智再次说了句"我回来了"，坐到餐桌旁。麻美想问"绍兴酒呢？"，却没有开口。智发短信说"今天喝葡萄酒吧"或"我去买绍兴酒吧"，却从未见他买回来过，他几乎不能喝酒。

将汤和米饭端到智的位置上，麻美拿着啤酒瓶刚坐下，智就已经开吃了。

餐桌的两把椅子并没有相向而放，而是并排摆放，如此一来两个人都能舒舒服服地看电视。正对面是通向阳台的玻璃窗，上面隐约映出并排坐着的麻美和智。智单手端茶碗，眼睛望着电视，动作灵活地夹着饭菜。麻美往玻璃杯里倒上啤酒，将凉冰冰的液体一口气倒进喉咙里，激灵灵的清冽感觉惬意无比。

智和麻美的用餐时间大相径庭。智不喝酒，米饭和汤菜上齐后就开吃，吃得狼吞虎咽，所以也就十五分钟，至多二十分钟就吃完了饭。想在晚餐时来点啤酒的麻美喝着啤酒吃菜，智吃完饭后好一阵子她才盛饭吃并重新热汤。因为麻美见过的大人都是这种吃饭方式，祖父也好，亲戚也好，父母也好，交往过的几位男士也好，所以刚结婚的时候，智的吃饭方式让她吃了一惊。进而回想起来，当初去智家里拜访时也吃惊过，但因为紧张竟没有察觉到吃惊一事。

智的父母、智、智的弟弟，活像家庭速食大赛一般用餐，寿司、炸品、炖菜，几乎十五分钟就会被一扫而光。所以，感觉那之后眼前守着空盘子进行的交谈漫长无比，对麻美而言，那是相当尴尬的时刻。

最初几个月，她也试图配合智的用餐方式，往桌子上摆齐米饭和汤菜就拿起筷子默不作声地吃饭。倒也不是做不到，因为小时候就是那个样子来着。不过，半中腰麻美就断了这念头，仅用十五分钟就将花费近一小时做的饭塞进肚子里，让她觉得世界仿佛一下子失去了色彩，变得空洞洞的，吃完饭之后喝酒也变得难以下咽。

麻美以晚饭小酌拉开帷幕，花费近一个小时慢条斯理地用餐，即便如此智也一声不吭。那以后夫妻俩尽管并排就座却以完全不同的节奏进餐。

电视节目的内容是寻找失踪之人。基本都在同一时间回家的智每星期的七天都必定要在吃晚饭时将频道调到这个节目上。麻美觉得他也真够爱看的，可是最近连自己也聚精会神地看起来了。

丈夫神情严峻地诉说着，参加同学聚会离开家的妻子音信全无，就那样一去不返，没有一点线索，定是卷进了犯罪案件无疑。电视里三番五次地强调剥好的豌豆放在厨房台面上了。有意离家出走的人还会剥豌豆吗？妻子的照片被屡次放大。侦探们搜索了夫妻俩的家，调查了妻子的朋友，发现了妻子瞒着丈夫的借款，还意外暴露了妻子乱七八糟的交友关系。

"是出逃了啊。"智冷不丁说道，他已经吃完了饭，"不是事故。"

"这种事够多的呢。"麻美边从冰箱里取出第二瓶啤酒边应道。

"大上个星期的那个，到头来也是出逃。喏，就是贤妻良母模样、挺老实的那个。"

"是啊，自己有意失踪的人出乎意料地多呢。"

画面切换到广告，老公将自己的碗碟摞起来送到厨房。节目再开始时连忙赶回来，歪在沙发上盯着电视看。

智发短信时很饶舌，实际见面后却难得开口。感觉刚认识时多少还有话，渐渐地不大开口了。不过麻美并没有什么意见，她也没有什么好说的。麻美觉得倒不是因为关系恶化交谈减少，而是因为距离近了不再有交谈的必要，其证据就是沉默丝毫不觉得压抑，且不觉得尴尬。

双方放弃要孩子的努力是在两年前。麻美也意识到交谈及夫妻间亲热锐减和这重叠在一起,可是即便如此,在麻美看来关系也并没有恶化。麻美觉得他俩变成真正意义上的亲密无间是因为那段日子里的经历和变化——只能认为是某种惩罚的不孕治疗、夫妻间压抑的沉默、对想抱孙子的双方父母的解释,直至两人觉得无所谓并得出无论有没有孩子自己都不会有任何改变的结论。麻美深信不疑地认为是那段日子使他们变成了真正的夫妻。

不过好像有点匪夷所思啊,麻美将智吃剩下的脱骨沙丁鱼用筷子拨到一起,思量着。成为真正意义上的夫妻的我们,每星期的这个时间必定把电视频道调到寻找失踪者的节目上,默默凝望从现实中(无论希望还是不希望)出走的男男女女,总觉得太令人匪夷所思了啊。

之所以给充留和裕美子打电话,是因为她突然间惴惴不安,担心六月二十日和宇田男的约会会被她们知道。这是麻美的脾气,担心自己做的事情会传到她们那里被她们背地里讥笑。当然,麻美晓得她们不是爱嚼舌根、嘲笑好朋友的那种人，所以她也清楚那不是她们的问题，而是自己的问题。自打走出高中校门，麻美就一直觉得胆怯，有了充留、裕美子，外加正道和宇田男这些朋友之后，那种胆怯愈发严重，之后过去了十几年也丝毫没有淡化的迹象。

"周六也得工作呀！"听筒里充留不满地说。她似乎攒了一肚子的愤愤不平，也不问麻美为何打电话过来（那反倒让麻美觉得庆幸），兀自喋喋不休："基本上呀，都是周五深夜送摩托邮件来，说让周一一早交回。那不等于让我接连干上两天吗？那两天他自己都在干什么呢？我简直想说：'你倒是在家扮演模范父亲的吧。'"

有关充留的工作内容，百分之八十麻美是搞不懂的。她既不晓得有摩托邮件这一送货方法，也不清楚要求充留一大早交回什么。不过就算搞不懂也不要紧，因为她晓得她在说自己很忙。

"不过不也挺好？有男朋友给你做饭吧。"麻美在餐桌旁坐下，面对着窗帘彻底拉开的玻璃窗，望着迷迷蒙蒙下个不休的雨说道。

"快别提了吧，那笨蛋正儿八经会做的只有意大利面。倒也挑战过其他东西，可做得像样的也就意大利面。这三天我白天黑夜一直吃意大利面来着，我又不是意大利人。"

"那下次我去给你做点什么吧。"太好了，她好像什么都不知道。麻美放心了。

"啊，来吧来吧，材料钱和工时费我全包了。对了，我还是想吃和食，卤鸡蛋、炸豆腐、炖竹笋、干烧咖喱饭……好像统统消失了一样！哎呀，今天一定又是意大利面，连汗都变成橄榄油味儿了呀。"

麻美附和着充留笑了，说道："那我改天再打电话。"说完就要挂电话。

"你什么事?"充留问。

我要和宇田男见面了，他联系我了，周一一点在新宿。我觉得那一天大概、一准会发生那样的事情。虽然麻美在心里急促地自言自语着，嘴上却平静地说："没什么，无非想打电话问候你一下。那就再联系。"说完挂断电话。

"这把年纪了,头一回参加联谊会。"裕美子也是自顾自地说起来。这位好像也不知情,麻美松了口气。"这个月有三次。喂,联谊会真开心呢,我活了三十岁,竟不知道有这么开心的事,简直要怨天尤人了。"

裕美子在一家经营杂货的小店里工作,她自己也说,这份工作和学生打工几乎没什么区别。听筒那边传来轻轻的音乐声。她没有敛声屏气地说话,麻美知道可能没有其他店员和顾客。

"那你有没有遇上喜欢的人?"

"没有没有,因为我是极端慎重派嘛。我最近才发现这一点。当天就带回家里这类事,这个年纪已经做不来了。那叫一鼓作气吧,我和那种事已经无缘了。"

莫不是在说卡拉OK练歌房楼梯平台的事?麻美的笑容一瞬间僵住了。

"不过真开心啊,即使碰上不喜欢的人,和男人聊聊天、享受一把女性待遇也非常愉快,仅仅想着有恋爱的可能就让人愉快。麻美你也偶尔来参加一下吧,真的很开心。"

"和泽井联系过吗？"为了换个话题，麻美问道。

"噢，没有没有，不可能有的嘛，刚刚分手。对了，那次派对后你和宇田男去哪里了？"

麻美怔住了，甚至感觉呼吸停止了。

"啊？怎么突然问起这个？"麻美勉强地说道。

"有人说一次会和二次会好像都在一起，回来时却没看见你们。"裕美子的语气听起来毫不经意，而麻美握住听筒的手却没必要地使足了劲儿。

"你说有人？谁？"

"噢，邦生还是谁来着？"

"怎么可能去别处嘛。宇田男怎么可能理会我这样的人嘛。"

"倒也是……吧。反过来说，麻美也不可能理会宇田男那种人吧。我也是这样说来着……哟，来客人了，再见，我再给你打电话。"

电话被单方面地挂断，麻美把胳膊肘支在桌子上数了好一阵子电话的忙音。雨无声无息地下个不停。没事儿，没人知道，也没被谁讥笑，麻美心里嘀咕着按下通话结束键。发觉靠垫从沙发上滚了下来，她站起来去捡。

碰面地点是新宿的书店。麻美提前十五分钟到了，书店门口自然不见宇田男的身影。走进店里，麻美在新刊行的书附近转悠。浏览那一大排色彩鲜艳的封皮，却没有知道名字的作家，然而学生时代那会儿没有自己不知道名字的作家。

莫名其妙地，麻美突然感觉自己成了一个寒酸的人。从昨天起，她就感觉选好的衣服——荷叶边衣领的淡蓝色衬衫配黑色八分裤——也土里土气的，打算搭配裤子的黑色浅口皮鞋也让她感觉十分沉闷。如此说来，麻美记起大学时代也是这样的心情。从地方上的女子学校毕业考进大学后，大学里的一切看起来都格外华丽夺目。同班的女孩子们尽是由自己陌生的因素组合而成，那是名品专卖店的名字，是饭店或酒吧的名字，是化妆品的品牌，是小说家是电影是音乐，是与男孩子的交往方式。她们挂在嘴边的事物说麻美一无所知也不为过。自己毕业的女子学校是县里首屈一指的升学型学校，而且自己在那里总是取得上游的成绩，可是这些压根儿无法成为她引以为荣的资本，也丝毫不能证明自己。麻美在来东京一个月后就认识到了这一点。她凭借与生俱来的毅力和踏踏实实的努力一个一个地去学习她们话题中出现的事物。艺术鸡尾酒是什么？玛格丽特比萨的馅料是什么？"充电"是什么？俄罗斯方块是什么？《芭贝特的盛宴》是什么？VIVAYOU[①]是什么？地下丝绒合唱团是什么？安德烈·塔可夫斯基[②]是谁？阿尔瓦·阿尔托[③]是谁？涩泽龙彦是谁？麻美宛如依然继续着应试学习一般用功地学习掌握，然而那种感觉是学不来的。若是现在，或许可以评价说"行"或"不行"，而当时的选择也依然是"帅酷"或"老土"。A.P.C.[④]的服装搭配MIHAMA[⑤]的鞋子老土，麻美尚且学习不到这种程度，所以她总是战战兢兢，为自己是否会被别人觉得老土而感到坐卧不安。

结识充留和裕美子是在升入二年级之后。她既不和

---

① 日本走在流行尖端的时尚品牌。
② 著名俄罗斯导演。
③ 著名芬兰籍建筑师。
④ 法国服装品牌，倡导简约时尚的理念。
⑤ 日本鞋子品牌，1923年创立于横滨。

她们在同一社团，又不在一起学外语，无非是一起上《德意志观念论》这门课而已，所以麻美记不起怎么亲热地聊到一起的。不过在遇到她们之后，她心里着实踏实了。怎么说呢，她们是一群我行我素的人。在麻美看来，她们既不"帅酷"也不"老土"，她们穿着喜欢的衣服，按照自己的喜好行事。二十岁以前的麻美以为和这些人在一起就踏实了。二年级暑假前后，总算形成了一个聚在一起的小圈子，除了充留、裕美子、正道、宇田男，还有其他几个时不时露面的人。

二年级快要结束的时候，麻美了解到在那个小圈子里也存在着区别于通常意义上的"帅酷"与"老土"，不是穿什么衣服老土，不是不喜欢西方电影喜欢日本电影就老土，而是某种更加看不见摸不着的分界线，例如：因为正道用情不专就在聚会时哭泣的裕美子，虽然不够帅酷却也不老土；班里或圈子里的聚会之后经常会很快与不怎么认识的男孩子上床的充留也不老土。倘若说有他们判定为"老土"的东西，那就是被固定观念束缚的那类无聊之人，例如：见到女孩子吸烟就皱眉头的男孩子，或者随身物品全都是一目了然的名牌货的女孩子，或者措辞和电视上一模一样的同学。

虽说逃离了"老土"这一分类，与他们走到了一起，麻美却始终有种被独特规定划分在"老土"一侧的感觉，延续至今的畏首畏尾的真正原因就是这个。

对了，宇田男。麻美抬起头，看看表，离见面时间还有十分钟。这家书店会不会摆宇田男的书呢？她凝神看向楼层深处，寻找男性作家一角。很快找到了那种标示牌，人很多，使麻美感到踌躇，但她还是走向里面。看了"さ"栏①，却没有宇田男的名字。扫过"さ栏其他作家"那排书的脊封，依然没有。怎么会这样？十四年里，书已经从书店里销声匿迹了吗？他曾经那样名噪一时。

或许在其他栏里也未可知，麻美思忖着走向店内。楼层里依然拥挤不堪，满是站着读书和像她一样走动的人。站在推理小说挨着的书架前开始寻找"さ"字的时

---

① 日语中，"佐山宇田男"中"佐"的日语发音是"さ"。

候,肩膀被人拍了一下。麻美跳起来,仿佛做坏事的人被人逮了个现行一般。回过头来,宇田男站在那里。

"嗨!"

他穿着松垮的T恤和褪了色的牛仔裤,两手空空,双手插在后面的裤兜里。

"啊,不好意思。"

麻美不由自主地鞠了个躬。

"这是干什么?"

宇田男笑了。

走到外面时下起了雨。

"啊,又下雨了,怎么办?"宇田男抬头望着天说道。

"吃午饭?或者看场电影什么的?……"麻美不知所措地问。她不很清楚这种时候男女最开始要做什么。

"吃饭?看电影?真像初中生呐。"

问怎么办的明明是他自己,宇田男却嘲讽地笑了,弄得麻美无地自容,就像二十岁时被人劈头盖脸地给了一句"老土"一样。

"那就直接去旅馆?"

于是她来了句很粗暴的话,仿佛强调这种事无所谓、屡见不鲜、事实上也经常发生一般,用不耐烦的口吻说道。

"嗯,就那样吧。"宇田男俯视着麻美,轻描淡写地笑了,"那就走吧。"

他孩子般握住麻美的手腕冲向雨中的车道,扬手叫了辆出租车。尽管心都快从嗓子眼里蹦出来了,麻美却还在想多亏早饭吃得晚,还在为这种事感到庆幸。

大学时代的宇田男从一入学就成了名人,大概是因为他模样出众,长得帅气。无论什么时候,他总是穿着松松垮垮的旧衣服,那使他看上去比衣冠楚楚的宇田男更加帅气。许多女孩子说要是他穿上挺括的衬衫或笔挺的西裤保不准会有多土气,麻美也认为的确如此。单是走在哪里都相当惹眼的宇田男注定成为名人是在那一年的冬天。

宇田男在一年级的写作课上提交的小说一经大学发行的《文艺杂志》刊登,立即成为某赫赫有名的文学奖的候选作品。尽管落选了，却有大出版社找他约稿，名字还上了杂志和报纸。许是因为他长相英俊，那些报道可以说必定要大写特写地附上宇田男的照片。出单行本是在宇田男大学二年级时，那本书也好多次成为文学奖的候选作品。尽管无一入围，落选的宇田男却更加声名鹊起。

不消说，那样的宇田男大红大紫，在大学这一弹丸之地尤其炙手可热。这事麻美和裕美子他们都知道。和艺人不同，他的照片再怎么被接二连三地登载，小说家的知名度也不过尔尔。结伴玩的时候，既没有不认识的阿姨找宇田男签名，也没有年轻女孩子惊呼着追上前来。

升入三年级时，宇田男开始着手其他事情，开始起草当时流行的故事性强的广告，和自主乐队搭档出书，为他们提供歌词，逐渐只从事和小说毫无瓜葛的活动。四年级的时候，几乎无人记得他是小说家了。在大家刚刚发觉宇田男着手一件几乎可以充当榜样的事情时，他却又做起了俱乐部的企划。如此过了夏天，他突然不来学校了。

话虽如此,在经常一起玩的麻美他们看来,宇田男无论做什么都没有丝毫改变,觉得他是个让人捉摸不透的男生。他无论是出单行本,还是做广告工作赚到大笔的钱,都没有丝毫改变。他慵懒地来上学,叫他去聚会或参加活动也显得不耐烦,但他必定会去,而且一直待到最后。他几乎不谈自己,只是静静地听别人说话。

对麻美来说,宇田男是一个谜。他要做什么?目标是什么?喜欢谁?到底有没有喜欢过谁?她一无所知。他经常和麻美他们从未见过的女孩子一起走在校园里。她也搞不懂那些每次都是不同面孔的女孩子是他的恋人还是朋友。就算喝醉酒的充留直勾勾地盯着他问,他也只是嘿嘿笑着岔开话题。即便如此,只要有他在,场面总是生机勃勃。对于只是普通学生的自己那些人来说,宇田男已经是一个人物了。和那样的他在一起,所有的人都有一种错觉,觉得似乎连自己也变成了人物一样的特别学生。麻美常常想,在弹丸之地的大学里,在狭小的圈子里,"帅酷"与"老土"之间不容置疑的基准弄不好就是这个神奇男生创造的。

那样一个宇田男此刻却和自己同处一室，这令麻美感到匪夷所思。"我只知道这个地方。"宇田男说。他带麻美来的是新大久保的情人旅馆。宇田男极其自然地喝冰箱里的啤酒，冲了个澡后，又让麻美去洗，在床上冲着从浴室里走出来的麻美招手。

在自己上方的宇田男把手伸到枕头上的时候，麻美一下子没弄明白他在找什么。当宇田男用孩子样的动作撕开包装时，麻美总算意识到是避孕套。

不必用避孕套，我不会怀上孩子。

她将嘴边的话咽了回去。麻美看着天花板的镜子里面躬着背套避孕套的宇田男的后背，而后将视线移到宇田男的脸上，他正以惊人的、认真的表情套那个东西。麻美情不自禁地要哭，她将规矩与爱情完美地混为一谈。

"肚子好饿。"

再次去冲淋浴的宇田男穿着内裤从浴室里走出来，若无其事地说。这副模样的宇田男看上去完全是个孩子，这令麻美吃了一惊。只有这个人忘记长大了，她半是认真地想。

"去吃饭吧。"麻美说。待会儿给智发个短信好了。

"噢,去吧去吧。这附近有家一级棒的韩国料理店。喂,能吃辣的?"

"嗯,非常喜欢。等我一下,我也冲一下。"

麻美握着手机走进浴室,靠在洗手盆上给智发短信:"和裕美子一起吃饭,晚上请你自己看着吃。""明白(奇怪的图形),冰箱里有吃的吗?"

麻美心烦意乱地回了短信:"有什锦米饭和前几天剩的饺子,饺子是生的,吃的话煮成水饺吃吧。好像还有冷冻春卷或是炸肉饼。"按下发送键,她急急忙忙地进去洗澡。因担心留下气味,她既没有用洗发水,也没用香皂,单只是匆匆冲了个澡。从浴室出来时收到了智的短信。

"那我就用春卷和饺子做顿中餐吧。你吃什么?"

本打算不予理睬,可总觉得于心不安,所以还是回了短信:"可能是韩国料理,我会尽早回家。"又收到回复:"好的,慢用哟。你们俩好久未见了吧(这里又是奇怪的图形),我随便吃点就先睡了。"心急火燎地擦干身体穿上内衣,描眉毛,涂口红。"谢谢,那你就先睡吧。"

发完短信，她弯腰拾起衣服穿上，又响起收到短信的嘀嘀声，麻美叹了口气打开翻盖。"OK，就这样吧。听说明天还有雨，真讨厌呐（在麻美看来像是哭脸的图形）。"麻美心想，再回复的话他还会回过来吧，到此结束吧。她合上翻盖，脸凑近镜子查看两边的眉毛。

情人旅馆的房间和走廊都没有窗户，让人觉得像是深夜，可前台挂着的时钟指针指向四点。浓妆艳抹的中年女人头也不抬，事务性地报上费用。本以为宇田男肯定会付钱，他却站在稍远的地方望着显示空房间的电子显示板，麻美赶忙掏出钱包付上钱。

"就在附近，跑过去吧？"

走出情人旅馆的自动门，宇田男和刚才一样握住麻美的手腕跑起来。出了小巷是条车水马龙的大街，店铺的霓虹灯反射在湿漉漉的人行道上，汽车卷着水花往来穿行。

"那地方的土豆豚骨砂锅棒极了，我觉得大概算得上东京首屈一指的了。"

宇田男边跑边回过头来吼一般地笑着说道。麻美并不晓得土豆豚骨砂锅是什么，却依然喊道："嗨，太好了！"跑在前面的宇田男的T恤转眼间湿透了，紧紧地贴在后背上，肩胛骨凸出圆弧状，看上去依然像个孩子。麻美穿梭着跑在打着红色或藏蓝色雨伞的行人间隙中，溅起的雨水将浅口皮鞋湿了个透。

"那儿，那儿。"宇田男指着拐过路口前面的白色灯光说道。

"哇！"回头看着麻美，宇田男大叫道。

"什么？什么呀？"麻美问。

"文胸透出来了。太危险了，赶紧！"

宇田男松开麻美的手腕，朝着白色灯光飞奔起来。麻美抱着包挡住前胸，也加快了脚步。她边跑边笑起来，莫名觉得滑稽得不得了，笑仿佛气泡一般一串一串地漾出，无休无止。看着溅起透明水花奔跑着的宇田男的背影，她的眼前突然浮现出毫不相干的一幕。

是豌豆，从豆荚里剥出来的淡绿色的大粒豆子，堆放在厨房台面上的数粒豆子。那是什么？她一边为这恣意浮现的情景感到纳闷，一边追随着宇田男跑进饭店里。

饭店里空空荡荡，白亮亮的灯光下面，店员们惊讶地打量着他们二人。

他们在靠里面的桌子旁边面对面坐下。

"生啤两个。"宇田男对店员说完向麻美确认道："喂，你能喝的吧，段田？"麻美把挎包抱在胸前笑了。理所当然地先要酒的男人让她觉得亲切，同时段田这一旧姓也让她觉得亲切，所以她笑了。是啊，她想起自己原本叫段田麻美。

当啤酒杯无谓地碰在一起时，麻美蓦然记起刚才的情景从何而来了，那是那个说去参加同学聚会却一去不返的陌生女人丢在厨房台面上的豌豆。虽然她并没有见过那一幕，那却仿佛是自己丢下的东西一般鲜明地浮现在麻美眼前，久久挥之不去。

八月的倦怠

不祥的预感从四月就有了。

递交了离婚申请后一哄而入去参加派对,最后和留下来的几个人喝到早上。大约在二次会中间的时候,泽井正道看了一下手机,收到四个电话和两条短信,全部来自野村遥香。

"为你担心,请告诉我怎么样了。"

两条短信同样的意思。打开标示着"紧急通道"的门,在堆着塞满废旧毛巾的袋子和像是装满厨房垃圾的垃圾袋的紧急通道的楼梯平台上,正道给遥香拨了个电话。

"怎么样了?"她问。正道告诉她递交了离婚申请,派对还在高潮,于是遥香说明天想见他。"七点钟,在外苑前检票处。"遥香兀自说完,挂断了电话。

派对翌日是周日,回到中野的星期公寓,正道倒头便睡,醉酒加上疲劳,使他没有丝毫感慨之类的东西。

睡醒后去跑跑房产中介吧，快要进入睡眠的一瞬间，他迷迷糊糊地想道。不过，一觉醒来已过傍晚五点，他赶忙冲个淋浴，刮刮胡子、整整头发就得奔出房门了。如果今天不去房产中介，下周之前就无法找到房子。一想到不得不继续住在星期公寓，他就觉得腻歪。

换乘地铁，好歹挨到外苑前时，正道已经疲惫不堪了。酒还没有完全醒过来，尽管睡了八个多小时，困倦还是如同湿棉花般塞满了身体的每个角落。

为什么要在外苑前？正道的这个疑问直到推开遥香选定的那家餐馆大门时依然没有解开。遥香好像预约了位于小巷里的一家意大利餐馆。他被人带到放着预约牌的桌子旁，是靠窗的座位。

他打开菜单点了菜。宿醉正酣时却不得不吃意大利菜，正道虽对此感到烦腻，却并未表现在脸上。遥香的香槟和正道的啤酒上齐后，遥香终于开了口。

"喂,还记得吗?这里是和泽井你第一次来的那家餐馆哦。"

正道几乎没有关于第一次来时的记忆,不过外苑前之谜就此解开了。餐馆内昏暗得过了头,桌子上的烛光在遥香脸上一闪一闪地跳跃着。遥香一边用手抚弄着高脚杯的杯脚,一边像宣布重大事件似的说:"因为今天是特别的日子,所以想在特别的地方与你见面。"

光是如此倒也罢了。尽管宿醉时在外苑前吃意大利菜对正道来说糟糕透顶,而且离婚一事被赋予了某种特殊意义也让他始料不及,但他也并非不能理解遥香的心情,毕竟她才二十五岁。

然而并不仅限于此。意大利面和葡萄酒一起被送上来之后,喝了半杯葡萄酒的她从不知是石蟹还是竹节虾的意大利面中仰起脸,面对面地注视着正道,吧嗒落下泪来,左右眼各淌下一滴。

"总觉得像在做梦。谢谢你,正道!"

遥香飞快地说完,又埋头于意大利面,之后再也没有抬起头,没有说一句话。

正道有种完全置身事外的感觉，骤然间意兴阑珊。换句话说，他感到万分困惑，不是因为遥香哭泣一事，而是因为自己的意兴阑珊，所以他拼命地想要说服自己，这使他产生了如此凄惶的念头，使他纠结于其中，甚至想哭。如果产生了罪恶感倒也好说，可是意兴阑珊让人如何是好呢？如果遥香对面坐着的是自己的朋友——如果是宇田男或邦生——他或许将如实告诉他们，开诚布公地告诉他们。

然而他无法阻止。她不单单哭泣，还将称呼由泽井改为正道，一边哭一边将石蟹还是竹节虾的意大利面风卷残云般一扫而光，并且将二人份的烤羊肉一扫而光，还尝了两口正道点的香煎加吉鱼，甜点要了三色拼盘蛋糕，连那个也一扫而光了。那一天，烛光下的桌子上发生的一切都使正道不可遏制地感到意兴阑珊。

此刻，正道看着背对着自己擦地的遥香所产生的感想和四月份在意大利的餐馆里产生的感想如出一辙。

新居在五月连休时终于尘埃落定。正道本打算在工作单位附近的惠比寿或代代木周围租一处一居室,可是遥香主张租个大点的房子。因为她说可能会一起生活,所以哪怕多少离都心远点也还是居家式的好。被她这么一说,正道也觉得言之有理,再加上所看的一居室光照特别不好,房龄也长,条件过于差了,所以他再找房时不再在乎地角,而是优先考虑面积,最终拍板租下的是套号称靠近东京、实际位于千叶的公寓。那是套八层楼中五楼的大两房,租金九万八千日元,管理费两千日元,加起来正好十万日元。

遥香不是公司职员,虽然休息日不固定,但每逢休息日都会来公寓。她用配的钥匙打开门进去,洗洗正道攒下的脏衣服,打扫一下卫生,做做饭,等着正道回来。最近她把休息日调到了周末,周六一早就会赶过来,这很是令正道感激不尽。一个半小时的上下班路程相当累人,他压根就没兴致打扫卫生和洗衣服。

他想让遥香干脆住到这里算了,而且也对她提起过,但每次说到这话时,遥香总是夸张地冲他皱起眉头并且说道:"阿正(最近她喊'阿正'了),你不是前几天才分手的吗？我不晓得分手后马上就和别人一起生活的感觉，可我觉得既对不住你分手的太太，也太不顾及我的感受了。"于是正道也明白了，对她来说，一起生活似乎并不意味着同居，而是意味着结婚。

就这样，她每次都规规矩矩地回去，从不在正道的公寓里过夜，每次都连续坐一个多小时的电车回到东中野的公寓（按照她的说法，正因为是这个时候才必须不越雷池半步）。今天也是，遥香上午就按响了正道房间的门铃。她开动洗衣机洗衣服，打开吸尘器打扫卫生，并且现在正趴在地上挨个擦这套大两房的所有房间。她没有一句怨言，虽然三个月如一日地重复着同样的日子，却看不出她有厌烦的迹象。

歪在沙发上摆弄掸子的正道站起来往厨房里走。

"喂！"他招呼了一声，遥香却连头都不抬。

"啊，行了，你坐着吧。阿正做点什么的话，我还得重新再来一遍。"她用愉悦的声音说道。

正道无事可做地拿着掸子回到沙发上，茫然地盯着并不想看的高尔夫节目看，重新做了一番盘算。"喂！"

他坐在沙发上喊道,"干完活不去什么地方?"

"去哪里?"声音比刚才离得远,可能是从厨房转移到走廊了。

"从这里的话,迪士尼乐园也很近了。"

"现在是暑假,我觉得会很挤……而且又热。"

经她这么一说,正道察觉到她从一开始压根就没有去迪士尼乐园的想法。

"要不去国宾大饭店或希尔顿东京大酒店吃顿豪华晚餐?"

那样勉强也可以,正道一边确认一边问道。

"可是我这副打扮哪能去那样的地方?……"

声音离得越来越远了,可能是在走廊的尽头。

"这样子也没关系的吧,酒店又没有规定要穿正装裙。"

"我是说我不愿意。"

她说不愿意的话,正道也并不是非去不可,莫如说他哪里也不想去,只不过不想待在这个屋子里无所事事地等遥香结束扫除罢了。

"那么这样,今天住在这里怎么样?然后明天一早出去找个地方,去海边或海滨公园。"

没听见她回应。"那么这样……"他再一次提高嗓门说道。

"海边太晒……"声音从没有边际的远方传回来,可能是在玄关旁边的房间里拖地,而正道却觉得仿佛来自遥远的地方,勉强能听得见。之后正道什么都没有再说。觉得手里的掸子让人心烦,把它丢在脚下,点上烟,拖过遥控器换了个频道,高尔夫、高尔夫、赛马、象棋依次出现在画面上。"切。"正道咂咂舌头躺在了沙发上。

"阿正,算了吧。我说你不用为我费心的。"

刚才还从没有边际的远方传来的声音听上去就在身后,正道猛然抬起上半身。遥香手里拿着抹布大汗淋漓地站在沙发边上,T恤紧紧粘在身上,大量的汗水从额头和鬓角处淌下来。

"你出了好多汗,剩下的房间打开空调打扫吧。"

"呵呵,"遥香张大嘴巴笑了,"那样多浪费啊。我去洗个澡,然后去买晚饭用的东西。"她轻轻地吻了一下正道的脸,啪嗒啪嗒地跑向洗手间。洗手间的门关上的同时,扔在茶几上的手机震动了一下。打开翻盖,是充留的短信。

"有时间的话,汇报一下近况,顺便喝一场吧?"

"嗯,喝一场吧。我随时可以,要么今天?"

弯着腰这样回复短信后,正道察觉到自己仿佛有种被人解救了的心情。

望着在厨房忙碌着的遥香的背影,正道记起了醉酒后的裕美子扔给他的话:"你呀,就是一个一旦产生责任,就会立马把脸一翻落荒而逃的男人。"的确是那么回事。

正道无法理解遥香从那个在烛光下淌下两滴眼泪的夜晚开始发生了怎样的变化。说是为了准备一起生活让自己在郊外租了房子,她却坚持应该虔诚地独身生活一年。去饭店、泡酒吧、去游乐场、逛商场、看电影等室外约会被她悉数拒绝,她就像一位照顾独生子的妈妈一样乐此不疲地定期过来做家务。恋人的内心发生了什么?

正道绞尽脑汁地想也依然想不明白，他明白的仅仅是自己内心的变化。

正道感觉她毫无道理地把自己封闭在窘迫的小天地里。和遥香的交往本应该有一种使自己得到解脱的愉悦，然而离婚之后，宛如世界发生了翻转一般彻底地颠覆了。

就在几个小时前他还对洗完淋浴的遥香发出邀请，问她要不要去喝酒，说朋友和她的恋人好像到这边来了，一起去喝酒吧。遥香眼见着沉下脸，问道："朋友？大学的？"遥香从一开始就格外戒备"大学的朋友"这群人。因为朋友们全都了解正道和裕美子的交往史，所以正道也并非不能理解这一点，然而毕竟和裕美子已经离婚了。

"是女的，但她那个男朋友和你年龄相仿，我也不大认识他。"正道如此回答。这话对遥香却没有产生任何效果。

"不想去，"遥香随即回答，"那些人肯定会拿我和坂下做比较。"

"不会比较的吧，而且她男朋友根本就不认识裕美子。况且就算比较，你也丝毫没有逊色的地方。"正道哄劝道。"不想去。"遥香却一口咬定。

于是她又像往常那样去商店街买东西，在肉店买了肉，鱼店买了鱼，蔬菜店买了蔬菜，酒水店买了酒，大约一个小时前赶了回来。这个镇上的商店街也莫名令人觉得郁闷，正道一边嗅着厨房里飘过来的酱油味一边想。当初搬过来时就觉得这处商店街没有一家气派点的店铺，毫无生机，而东西却好像挺新鲜，这倒是实情。这里不像超市里的集中采购，买肉去肉店、买鱼到鱼店的遥香看上去充满希望倒也是实情。

但是一连三个月，每逢周末就周而复始地重复同样的事情。破落的商店街的每一处都加剧了"被封闭的感觉"，而且正道完全搞不懂去肉店买肉究竟有何有趣之处。

"饭做好了。"

厨房里传来遥香如春日暖阳般的声音。正道慢吞吞地站起来，坐到餐桌旁。似乎放在冰箱里冰过了的玻璃杯被端上来，菜被端上来，小碟子和筷子被拿过来。仿佛覆了一层乳白色薄膜的玻璃杯里满满地倒上了金黄色的啤酒。

"来,干杯!"

坐在对面的遥香笑盈盈地端起自己的杯子,正道也做出笑脸,拿起自己的杯子轻轻碰了一下。

"看上去味道不错啊!"

他小心翼翼地说,尽量使自己的扫兴不至于被对方听出来,说完拿起筷子。

像过家家一般过日子,然后不知什么时候突然间意识到自己产生了责任感,于是慌忙把脸一翻落荒而逃。我清楚的……

将章鱼放进嘴里的一刻,正道准确无误地想起了裕美子说他的话。

或许的确是那么回事吧,正道暗想。遥香骤然间的转变或许正是由于自己的责任产生的,并且自己也似乎认为如果有可能,想从这封闭的地方翻脸逃走。

她当真是相当了解我的呀,正道莫名觉得有点滑稽,她偏偏对我的弱点了解得比我自己还清楚啊。

"嗬。"正道叹气一般笑了,遥香抬头瞟了他一眼。

"不是，我觉得真好吃。"正道搪塞道。

遥香垂下眼睛看着桌子，出其不意地说道："最近我手机收到很多打通了却不开口说话的电话。"

"啊？哪儿来的？"

"没有显示的。"

"没有显示就别接了。"

正道往自己杯子里添满啤酒，也给遥香只下去了几厘米的杯子倒上，泡沫鼓起来，却停滞在表面没有流下来。

"不仅如此，我还时常感到被人跟踪、被人监视。"

遥香低着头，筷子头压在唇上说。

"什么？跟踪者？"正道不以为然地问。

遥香的职业是舞蹈演员，不过好像光靠公演不足以维持生计，所以她也在体育俱乐部兼做现代舞或爵士舞教练。因为她教授的对象不是特定的人，所以出现类似跟踪者那样的粉丝也不足为奇，而且他也不觉得是什么严重的问题，但是遥香一脸的不悦。

"我是说，我觉得那不是男的。"她又蹦出一句。

"你是说女的？女粉丝？"弄不明白遥香想说什么或者想向自己寻求什么，正道以随随便便的口吻问道。

"接到支支吾吾的电话以及被跟踪这类事说起来是从阿正离婚前后开始的。"

遥香眼睛盯着桌子上的某一点，小声嘀咕道。

"嗯……我觉得或许没什么关联，不过碰巧在同一时期而已。"

遥香语速很快地补充道，瞟了正道一眼。

不会吧？裕美子是那种女人？会骚扰我的交往对象？不至于吧？嗯，不过也说不准。

正道站起来走到沙发处，毫无意义地拿起空调遥控器往上调高两度。

"好像太冷了。"他对坐在餐桌旁的遥香说。

"对啊，我们还得为遏止地球变暖出一份力，对吧？"

遥香笑眯眯地说。

辣白菜、海鲜铁板烧、鲜红的韩式炸蟹肉、韩式炒牛肉，中间炭炉上的牛舌和五花肉冒着烟。正道像小时候极少被带出去吃饭时那样欢欣雀跃地盯着这些东西。

"啊,好高兴!韩国料理久违了。亚洲人不吃亚洲饭,还是会觉得像这样肚子里没劲儿呀。"

蒲生充留活像替自己道出了肺腑之言,搞得正道吃了一惊,交替打量了一下坐在自己正对面的情侣。充留的身边,那位名叫北川重春的青年正面无表情地喝啤酒。充留已经喝掉约半扎啤酒,上嘴唇上面沾着白色泡沫,看着翻过来的肉。身穿印花吊带衫加粗棉布裙的充留和T恤打扮的重春并排坐在一起根本看不出有三十岁,倒是很容易感觉重春年龄更大一点。记得充留的恋人应该和遥香年纪不相上下,可是……,正道心想。

"因为我这段日子很忙,所以都是他给我做饭。不过,他只会做意大利面,日复一日都是意大利面,虽然味道不错,但好像攒不住劲儿似的。"

充留边说边急急忙忙地把肉翻过来,麻利地把烤好的肉放进正道和重春的小碟子里。道过谢之后,正道将肉放进嘴里。

"嗯,好吃!"他情不自禁地脱口而出,孰料连眼泪都快落下来了，为了掩饰自己这副模样，正道开口道，"喏，都说上了年纪喜欢的口味会变的吧，类似不能吃五花肉，生鱼片也要光吃白肉的。你可有这一说？"

"我倒也没那样，只是天天都吃橄榄油就腻了，可那只是单纯的连续性问题而并非因为年龄吧。"充留自己边吃肉边往空下来的网上密密麻麻地摆上肉。

"你说什么？你怕吃肉？可是提出来想吃点油腻东西的正是你呀，所以我才特意预约了的。"

"不是，对对，我是想吃油腻的东西来着，是说过。"正道打住了话，踌躇片刻，不知道该不该讲，最后还是忍不住说了出来。

"现在交往的那个女孩子净做和食，也不知能不能叫作和食，就是病号餐那样寡淡无味的炖菜之类。这些东西我好久没有吃到了，所以觉得惊人地好吃。我是不是挺可笑的？"

"你把那女孩子带过来就好了。"

"喊她了，她说讨厌来。"

"讨厌什么？"

"可能是讨厌和裕美子的朋友一起喝酒吧。"

"嗯,倒也不是不能理解。"

吃着充留不停地放进盘子里的肉,正道感到一种连自己都觉得奇怪的解放感。和充留交谈令人放松,不必有所顾虑,话语的意思也能直接传达过去,而且不会被盘诘。可能是所谓说话赶点还是节奏合拍吧,完全不用考虑这些也能心照不宣。因为过于感到解放,甚至对坐在充留身边的青年产生了歉疚之情,正道讨好似的冲他笑着问道:"要不要再加点啤酒?"

"嗯,好。"他嘴里含混不清地回答,于是正道扬手叫过来店员,要了三瓶啤酒。

"不过,我想问一下……"

充留像个爱管闲事的老太婆一般,一边把炒牛肉与铁板烧给他们分开,一边脸对脸地看着正道。正道似乎受不了那般正视,将视线移向开始吃炒牛肉的重春。重春直接把盘子对着嘴,把饭菜扒拉进嘴里,还没等咽进肚子里,又把手伸向铁板烧。他的吃相让正道看得入了神。

"那个女人有让你和裕美子分手走到一起的价值?"

"唔,价值吗?"

正道向后仰倒,开玩笑般地说道。尽管这是自己最不希望被人问到的问题,但那种单刀直入让人觉得也有酣畅之处。

"这人在家里也这副样子?和她在一起不累?"

正道夸张地皱起眉头问重春,重春并不带一丝笑意。

"没有,还好的。"

他依旧含混不清地回答。

"现在和他没有关系。喂,回答我的问题嘛。"

啤酒被送上来了。充留加了一份肝和围心肉。"再来一份生菜。"重春只有这会儿才用异常清爽的声音说道。

"不是价值之类的。"喝了一口凉得简直令人怀疑是否被冷冻过的啤酒,正道说道,"充留你也是这样的吧?和人交往时也不考虑价值什么的吧?如果说价值的话,裕美子身上具备其他人无可比拟的价值,而且哪怕是现在的她,也有别人无可比拟的价值。"话说了一半,感觉气氛完全陷入尴尬,纵使如此,正道还是语气粗暴地把话说完了。

"那么你是不后悔的喽,分手一事?"

"你好像想让我后悔哟,不过很遗憾。"

因为充留不断往盘子里夹菜,不知何时,盘子里已经堆满了肉。正道不断把肉放进嘴里。

实际上正道也不太清楚和裕美子分手是否正确,不过当时也没什么正确不正确的,唯有如此而已。裕美子一本正经地让他滚出去,而且直到夫妻俩的最后一夜还在抨击他。

搬到千叶,几乎所有周末都在往返商店街中度过之后(说是之后,其实不过才三个月左右),他却几度眷恋地忆起裕美子。如实相告恐怕会遭到充留的猛烈抨击,不过和裕美子在一起的生活对于正道来说是愉快的。与她用话语简单分类成功或失败、幸福或不幸恰恰相反,裕美子内心根本没有必须如何去做的想法,像必须工作啦,工作的话必须做有价值的事情啦,必须多吃蔬菜少吃肉啦,结了婚就必须和同居时有所不同啦,像这样一些类似人生规范之类的想法,她一丁点都没有。不,或许那也并非不存在于裕美子的内心里,而是在两个人的长期交往中被有意识地丢弃了。像个丈夫样的,像个妻子样的,像个社会人样的,像个已婚者样的,像个女人样的,像个男人样的,像个三十岁人样的,像个成年人样的,或许在不需要语言的默契中已经将这些踏成了碎片。

具有讽刺意义的是,正道同大学时代一样沉迷于和其他女性的恋爱,不能不认为是缘于那种规范的缺失。

想到这一层的正道更加清楚地了解了野村遥香,想来她必定是给类似这些规范样的东西束缚住了。已婚的恋人之所以离婚是因为自己,既然如此,自己也必须做与之相应的事情。自己必须比他曾经的妻子更胜一筹,自己和他的关系必须比曾经的夫妻关系更胜一筹。正道不由得觉得千叶的那处公寓似乎正是按照她的规范建成的窘迫城堡。

这样一来就好说了,把城堡毁掉即可,对她解释说"必须"之类的事情压根就不存在即可,但是如何付诸实践呢?

"你就是为了问我后不后悔才叫我出来喝酒的?"

懒得再想了,正道拿起筷子伸向菜肴。

"并不是那样,不过……嗯,或许就是那样吧。或许就是想看看和裕美子分手后与你同居的女人什么样吧,可是她没来。"充留笑着说。

"去下厕所。"重春说完起身离开。正道和充留默默地目送他的背影。进来时空桌子很醒目,不知何时所有的桌子都坐满了人。像正道一样穿衬衫的情侣很多。每一处桌席都气势磅礴地冒着烟。感觉四下里掀起的欢呼声一下子变得庞大起来。

"他好像有点情绪不佳?"正道望着重春健硕的后背说道。

"没那事儿,他平时就这感觉。这样子很平常,不必介意。"

充留一边用生菜叶卷肉一边说。正道看着充留的手里,为要不要说出来犹豫了片刻,最终还是像往常那样开了口。

"裕美子怎么样了?"

"很好呀,联谊会狂一个。"

"联谊会?"

"她说男孩子很体贴,还说和你分手后才发现。"充留笑出了声。

"我女朋友说接到什么打通了却不开口说话的电话。"

充留停住正在送向嘴边的手,瞪圆了眼睛看着正道。

"你不会以为是裕美子吧?"

"没有,我没那样说,不过她说那是从离婚前后开始的。"

"喂!不管怎样你也太过分了吧。给裕美子听见要气哭的。裕美子怎么可能是那种人?你最清楚不过的嘛。你和她一起生活了那么多年呀!泽井你想想你劈腿过多少回了?裕美子可有一次做过那种阴险的事情?"

充留一边挥舞着包好肉的生菜,一边将身体探向桌子,扯着嗓门嚷嚷。

"不是,哎,那倒也是。"

重春从洗手间回来了,充留和正道都闭上了嘴。重春沉默着打开菜单,小声自言自语道:"想喝点稠米酒。"

"噢,是吗?我也想喝,那就再要点吧。服务员!"

充留使劲挥手喊店员,没再重提刚才的话题。正道偷偷交替打量了一下相互间不怎么交谈的充留和重春。重春依然在以让人觉得酣畅淋漓的架势消灭菜肴,充留则照旧像个爱管闲事的老太婆一般分菜,倒稠米酒,她看上去和学生时代毫无变化。包括正道知道的,充留谈过好几次恋爱。他不很清楚她怎么遇上了这个沉默寡言的青年谈起了恋爱,怎么走到一起生活的程度,不过看着这不怎么交谈的两个人,他能理解他们这样待在一起或许是再自然不过的事情。他羡慕这样的他们,正道不禁为此感到羞愧。

走出韩国料理店后,按照充留的提议又换了一家店喝酒。从最后一家酒吧出来时已经近一点钟了。充留留正道住下,他还是拒绝了,他们在出租车乘车点道了别。乘出租回千叶的公寓要多少钱不好说,正道徘徊在大久保的街上,想找一处合适的商务旅馆。

喝得醉醺醺的,再加上热气潮闷地纠缠着肌肤,他感觉很不舒服。不过走起来有一种仿佛将厚重衣服一件一件脱掉的快感，有一种想放声大喊的舒畅。感觉住商务旅馆的花销不值得，他犹如被漫画茶室醒目的招牌牵引着一般走进一处多功能楼。

第一次进漫画茶室，既不同于酒馆，也不同于咖啡店，里面洋溢着异样的气氛。有许多用油画板隔开的半单间状态的房间，单身的或二人结伴的年轻男女犹如那一种类的动物一般被装在里面。在柜台上付过钱，抢占了一个单间后，正道浏览了图书馆式的书架。他找到学生时代曾经读过的漫画——和裕美子一起在《漫画周刊》上读过——将全卷抽出来带回单间，从第一卷开始看起。

正道总感觉自己变成了隔壁那个将乱蓬蓬的头发染成金黄色、牛仔裤挂在胯上的年轻人。醒过神来时，他发觉自己在边看漫画边滑稽可笑地总结今天的话题。

充留的男友极其不爱说话，体型像个角斗士，饭量也惊人，边喝酒还能边吃那么多东西，到底是年轻呐。不过充留不是喜欢宇田男式文雅的男人吗？也罢，比起宇田男，还是现在这人般配得多。还有，漫画茶室这是头一遭来，不过这是一片惊人的天地。你去过吗？下次去一趟吧，你完全有可能会感到意外哟。

毫无疑问，他是以对裕美子的讲述为前提的。再次察觉到这个的正道感到愕然。他几乎是习惯性地将这一天的事情加以总结，以便对她讲述。对她不需要解释"充留"是谁，也不必补充说明"宇田男式"所指何物，可以用随心所欲的语言将意思原封不动地转达给她。坐在对面或坐在床上自己旁边位置上咯咯笑着随声附和的裕美子的身影挥之不去。从来不下定论说必须这样做的裕美子或许会来了兴致，手忙脚乱地备好啤酒或葡萄酒，盘腿坐在椅子或床上打断正道的话侃侃而谈。管他到了两点还是三点还是天空泛白，她不说完是不会睡觉的吧。"不过，那角斗士仅仅是外表，内在也许和宇田男是一样的人呢。那个男孩子应该是吃软饭的吧，好像不怎么正经工作。为什么像充留这样一个能干的女人偏偏总是上那种男人的圈套呢？"他甚至好像听到了裕美子的声音。

这是心存眷恋吧。正道从漫画中抬起头来想道，却随即得出不是眷恋的答案。这是因为正道手到擒来般熟谙半夜两三点如痴如醉拉开序幕的他人的飞短流长会如何收场。"什么是能干的女人？你这样泛泛地下定论可不对吧？"正道随口反驳裕美子的一句话，于是裕美子较上了劲，卷土而来。"我知道你讨厌胜败这类词，可是照一般看来，充留不就是很能干吗？她自由自在，那样拼命地工作，甚至买了公寓。那样的人都称不上能干还有谁能干？而且实际上宇田男或者那个角斗士一样的年轻人就是靠女人养的人，赖上了充留。这不是泛泛而论而是事实吧。"简直是借酒寻事。"算了吧，我们也犯不着为充留的事吵架吧。"这样说本是想息事宁人，可是从来不说"必须如此"的裕美子说道："你别逃！"越发大肆发起进攻。明天一早要开会啦，累了想睡觉啦，那些一概不好使。他甚至预测得到发展下去的细节。

所以，这绝不是眷恋。

不过有时候会一帆风顺也是事实，有时候也不会发生无聊的口角。她如痴如醉地反复唠叨，眼看着天空泛了白。

好像自己如今希求的既不是和裕美子修复关系，又不是打破和遥香的现状，也不是逃离狭小的城堡，而是回到过去，已经失去了的、不复存在的过去。

正道感觉自己仿佛被在这廉价油画板隔出的单间里得出的结论击垮了。啊，是吗？是过去吗？是热衷于将头发染成金黄色的那个年龄的自己和超短裙下面露出白皙膝盖的裕美子，以及对对方的缺点和优点都不甚了解的二十岁上下的自己那群人吗？他们到底去了何处？心平气和地争论着喜欢或讨厌、整夜欢笑不眠的他们。

正道抓起刚刚拿过来的全卷漫画回到书架前，将其插回黑洞洞的空当里。他扫视着书脊上的字，看是否有能引起自己兴趣的东西。从书架的缝隙里看得见前台，一个泳装式打扮的女孩子正在前台旁边冲方便面。从书架的缝隙里，正道隐约看见一个身影。自动门敞开了，一个身穿大摆裙的女人走到前台。咦？那不是麻美吗？正道一惊之下定睛看去，却又慌忙将视线收回到书架上。

全职太太麻美怎么可能在这个时间出现在大久保的漫画茶室？映入眼帘的全部都和过去有关联可不是什么

好征兆,完全不是好征兆,因为自己渴望的、却又无计可施的东西偏偏是回到过去。正道摇了摇头,漫无目的地挨个读那一排排已经唤不起他任何兴趣的漫画书书脊上的文字。

九月的告白

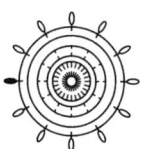

办完手续走出银行之前，充留打开存折出神地盯着看，少了一个零，确认完毕。她走出银行，走在行人稀疏的人行道上。提前偿还公寓贷款余额给充留带来减肥进展顺利般的快感。顺利的话，充留边走边想，顺利的话后年，就算不顺利，五年以内也能还清房贷吧。她心情好了起来，顺脚去了车站前面的超市。

今天的工作停工吧。充留这样决定之后，单手拎起购物篮，在空荡荡的店内转悠起来。有时感觉明天开始的每一天通通是不如意的事情，有时则与之相反，觉得将要发生的全都是好事。没有任何理由，只是闪现出这样的念头。充留当然知道这是没谱儿的事情，但她还是突然间被那样的心情所左右。今天是后者，从九点多起床时就是这样，即使看到老早就待在起居室里玩游戏的重春，那种心情也没有受到破坏。

一上午写了三个专栏，中午发出电子邮件，吃着重春做的意大利面，记起提前还贷的事情，简单化了个妆走出家门。

她一边搭配着食谱，一边斟酌着挑选蔬菜和肉类放进篮子。兴致太好，连包着和纸的高价酱油、罗臼产的海带和黑米也一股脑放进了篮子里。

虽然占满两只手的超市塑料袋重得让人心烦，充留却依旧兴高采烈。她走出超市，在仿佛重新回到夏天般的天气里汗流浃背地迈出脚步。

还完贷款的话做点什么？充留兴高采烈地盘算着，汗珠顺着鬓角滴落。重春有驾照，买辆车？或者在能看海的城市买套别墅？整个夏天都待在那里，像海明威那样天不亮就起来工作，下午早早去游泳或者在阳台上喝兑苏打的威士忌，赶上烟花晚会的时候叫上大家吃烧烤。

她不禁不着边际地觉得这是个完美的构思。她感觉如果那样的话，自己原本想做的事情就可以放手去做了。那附近肯定不会有大型书店，不过可以通过网络订购资料。

回到公寓，打开走廊与起居室之间的拉门，重春正躺在沙发上看周刊漫画。

"缜密无比的人生规划大功告成！"

充留将东西放在地板上，大声说道。重春吓了一跳，身体一动未动地回过头来。

"啊，吓人一跳。"

他嘟囔着又去看漫画。充留一边将购物袋里的东西一一摆上餐桌，一边连珠炮般地说了起来。

"喂，我决定在海边买套别墅，然后第一个夏天就关在那里写完一本书，不是平时写的那种无聊专栏，我有一直想写的东西。先向认识的编辑推销，他们不买账的话再投稿。所以呀，这两年先忍耐一下，违心的工作也要鼓足劲干下去。喂，你在听吗？"

"听着呢。"重春从漫画中抬起头回答道。

"每年夏天都在那里过,那样的话车就成必需品了吧?不过同时买别墅和车太累,车就先对付着买辆二手的。我没有驾照,可是重春你会开的吧?"

充留边往冰箱里收拾肉和水果,边滔滔不绝。重春那里没有回应,充留也没有确认他在不在听,自顾自地说着。

讲到烧烤计划时,电话铃响了起来。充留刚要将变暖后表面凝结上水滴的易拉罐啤酒收进去,却只好把它拿在手里关上冰箱门。

"待会儿帮我收拾一下?把啤酒喝了也行。"

说完,她走出起居室,在去工作间拿电话子机的途中,突然感到从一睁眼就一直持续不断的"一切都将一帆风顺的感觉"暗淡下来。她不禁觉得响个不停的电话要告诉她一件不祥之事。

关上工作间的门,贴在耳朵上的子机里传来麻美的声音,充留松了口气。

"什么呀?原来是麻美啊。"她脱口而出。电话那头,麻美吃吃地笑了。

"什么'什么呀'？过分了吧？"

"别误会，我以为工作上出了什么麻烦了呢。我的意思是说是麻美你可太好了。"

充留用肩和耳朵夹住子机，打开啤酒罐拉环，喝了一口，果然不出所料，不怎么凉了。明明是自己打来电话的，麻美却一言不发，吃吃地轻声笑了一阵就陷入了沉默。

"说吧，你什么事？"

为了将瞬间冒起的火气压下去，充留笑着问道。

"喂，"麻美小声说完就不作声了，"实际上……"好不容易开了口却又是沉默，充留在工作时的椅子上坐下来，小口喝着啤酒，等待麻美开口。反正是些无聊的话题吧。充留在心里暗想。

"我打算离婚。"

麻美用含笑的声音说道。

"啊？你也要离婚？"

听到的是出乎意料的话，充留大声说道。

"你说'你也'，可是我和裕美子他们没有什么关系的。"

"那是当然喽。"

"噢,也不是没有关系的吧。"

用故弄玄虚的语气说完,麻美不吭声了。"怎么回事?"充留将这句到了舌尖的话又咽了回去。如果积极主动地询问"怎么回事"的话,估计麻美又该装腔作势地陷入沉默了。

"噢。"她故意漠不关心地说,等候麻美开口。

"嗯,如果不行的话也无所谓。"麻美扭扭捏捏地说道。

"什么事?"

"这会儿能不能见个面?我去你家附近,你方便的话我过去。"

"啊?"

对于只要自己不邀请绝不会出来的麻美来说,这可是个稀罕的提议。麻美来过这处公寓一次。搬过来的时候在这里开过宴会,裕美子他们喝到半夜,麻美过了八点就匆匆回去了。

"我倒是没有关系……"

"那我就过去了。"

麻美当即回答之后,突然换了副爽快的口吻,开始确认公寓的方位。她确认过两遍包括如何转乘电车之后兴冲冲地说:"马上就去哦。话虽如此,从这里过去也得一个小时吧。"

说完,她挂断电话。充留呆呆地望着子机,将它放回原处,骨碌碌地转动椅子,喝着啤酒。来这里的话,收拾一下起居室吧。想到这里,她站起来。充留发现,就在刚才还认为是完美的人生规划,这时已经完全失去了魅力。

充留想到烟花啊、烧烤啊什么的时候,那必定会和曾经在一起的所有人构成一个组合,裕美子与正道、麻美、宇田男或邦生,会不自觉地想起他们。和夏日别墅一起浮现在充留脑海里的是他们像学生时代那样聚在一起,像学生时代一样兴高采烈地喝得酩酊大醉、快快活活地吵嚷的身影。可是,裕美子和正道已经不在一起了,已经不会再像离婚派对时那样全部到齐了。于是,对他们不会全部到齐的夏日别墅——与或许会带去一大堆游戏和漫画的重春两个人的别墅——充留无法感受到丝毫魅力。工作也一样，整理一下不想做的工作，写原本就想写的纪实小说，不动用现有的人脉的话就得去报名参加新人奖的评选。到底为了什么？充留第一次意识到自己放弃读完就被丢弃的专栏改写硬派纪实文学，或许是想让谁来读，那似乎又是想让他们读。准确地说，不是想让他们读，而是希望他们认识这样一个对工作手到擒来的自己。好像是这样。

充留走出工作间来到起居室。刚才在读漫画的重春已经起来了，正在对着电视屏幕玩游戏。

"待会儿朋友要过来，不要紧？"充留问。

"没关系。"重春盯着画面答道，突然间他回过头来目不转睛地看着充留，"出什么事了？"

"说是有事想和我说。"

"不是那个，是你无精打采的。"

被他这样指出来，充留觉得从早晨一直持续的好心情已经消失得无影无踪。

"没有的事。是不是要稍微收拾一下呢?能搭把手?"

重春将游戏保存好,切断电源,站起来,开始收拾散乱的漫画和游戏。充留动手洗水盆里放着的餐具。

"要过来的是谁?"重春问。

"麻美,认识的吧?"为了不使声音被流水声湮没,充留大声说道。

"嗯,前些日子离婚的?"

"那是裕美子。麻美是……对了,是毕业后很快结婚了的那个。"

"主妇?"

"对对,那个主妇。搬家时办过派对,你在房间里睡觉,可能没见过。"

"嗯,没有印象。"

充留从一开始就感觉麻美让人头痛,倒不是讨厌她,而是麻美的死认真时常会让她感到腻烦。她觉得那样一个麻美和"离婚"一词实在不般配,可是她说和离婚派对有关系,充留既想听听即将赶过来的麻美的讲述,又似乎嫌烦。

好不容易买回来一大堆吃的东西,她原本打算在麻美到来之前做点饭菜,可是光扫除就花了一个小时。用吸尘器清扫完毕时,自动锁止式玄关门铃响了。

"我待在这里合适吗?或者我回房间吧?"重春一边收拾吸尘器一边问。

"没关系,没关系,在这里吧。饭的话一会儿叫个比萨什么的。"充留说。反正就算待在一起,他要么打游戏,要么像与正道喝酒时一样一言不发,可是总比只和麻美两个人待在一起心情舒畅得多。

麻美来了。她身穿碎花连衣裙,搭一件粗棉布夹克,异常年轻的打扮。她在玄关处啰啰唆唆地寒暄着(突然拜访,不好意思,也不知道给你带点什么好,来得太急,这个是在那边买的……),进了起居室,又冲着重春过分郑重其事地寒暄(你好,我是松本麻美,承蒙充留学生时代就和我一直是朋友……),给充留的印象仿佛是她和重春拉拉杂杂过日子的公寓里突然出现一头稀有动物。

"哎呀，行了吧？坐吧。重春，你让一下沙发，麻美没法坐了。"

"这怎么好，我坐哪里都行……"

"喝点啤酒？饿吗？什么也没能准备，待会儿叫个比萨什么的。要是不喜欢比萨，也有寿司之类的。"

她边说边走到厨房，麻美也寸步不离地跟过来，和充留一起往冰箱里张望。

"哟，这不是有这么多吗？别叫什么比萨啦，我来做吧。"

"那怎么成？"充留取出啤酒，要关冰箱，麻美却不肯拿出摁在冰箱上的手。

"既有肉又有鱼，蔬菜有什么？能让我看看？用不了三十分钟的。"

就这样，麻美将充留在超市里大采购的肉、鱼、蔬菜等一样一样地取出来摆到厨房台面上。

"那好吧，就拜托给你。"充留说道。

事情越来越麻烦了。重春在电视前盘着腿看重播的电视剧，充留无所事事地站在起居室里，隔着隔断向厨房里张望。脱掉夹克的麻美早已着手切菜了。电视画面里，年轻的男演员和女演员边在路上走边吵架。

"这人叫什么来着？"充留条件反射般问道。重春报上男演员的名字，充留记起来大约半年前就有过同样的对话。对了，还在哪个杂志上写过这部电视剧的评论。指名道姓地点着演员的名字，说这个人自以为是的长相与其本人相去甚远，这蔫头耷脑的演技在我看来无非是宿醉的寒碜职员而已云云。

"刚才有种似曾相识的感觉。"

"啊？你说什么？"重春只是小声嘟囔道。

自己如今三十四岁，明年的二月就三十五岁了。充留突然间十分真切地感受到恍若昨日的学生时代已经是十多年前的事了。

充留当然知道这回事，她甚至连手指尖都能理解那到底是怎么回事了。裕美子和正道已经不在一起，宇田男既不是作家也不是明星，在厨房里忙活的麻美让她觉得像住在同一座公寓楼却从未打过招呼的陌生太太。

麻美很早以前就酒量大,尽管看上去像个滴酒不沾的淑女,她却面不改色、吱溜吱溜呼吸一般地喝酒,不大动自己做的饭菜。喝光了三罐高装易拉罐啤酒的麻美换了充留拿出来的白酒,直接喝起来。烧牛蒡丝、加了萝卜泥的厚烧鸡蛋、加吉鱼拌山芹、烧肉色拉、意式烧猪肉。充留和重春各自自斟自饮地边喝啤酒,边大口大口地吃着麻美仅用三十分钟烧出来的菜肴。麻美做的菜对充留来说味道有点淡,不过很可口。偷偷瞟了一眼重春,重春也抬起头看充留。重春似乎也觉得此情此景颇为奇妙。

"喂,你有什么重要的话要说的吧?"充留问麻美。

她少有地跑到充留的公寓却一言不发,只是一个劲儿地喝啤酒。

"再或者是把那天的话当了真,跑来给我做饭?"察觉到自己的声音有点刺耳,充留慌忙补充道,想掩饰过去。

"好羡慕你哦。"将盛白酒的杯子放到桌子上,麻美脸上漾出浅浅的笑意说道。

"羡慕什么?"

"你们总是这个样子面对面地用餐吧？无论白天还是晚上，你们一起喝酒，谈天说地，然后一起吃饭的吧？"

充留看了看重春，目光再次相遇，充留冲他扮了个鬼脸，重春也心照不宣地朝她翻了翻白眼。

"我们不能生小孩的。"麻美冷不防说道，用仿佛宣布什么重大事件般的口吻，"直到两年前我都在治妇科病。你们说我像个无忧无虑的太太，可是我一直不工作就是因为这个。"

"就算没小孩不也有人过得很幸福吗？我们连婚都没结，人各有志不也挺好吗？"

眼见着话题要无限地朝着黑暗的方向进展，充留希望这样说能使其打住。她再次偷偷看重春，这回他却没有抬头，默默地夹着菜。同与正道见面时一样，他又进入了将自己严严实实扣在壳里的状态。

"我和我老公，其实关系不错的。我一直以为那就是恋爱的感情，称作恋爱觉得滑稽的话就叫爱情，所以我也认为孩子一事无所谓。可是充留，我谈了恋爱后才发现，我和我老公之间有的既不是恋爱也不是爱情，我们不过是在相互舔舐伤口而已。"

麻美边说边吱溜吱溜地喝烧酒。充留早就听腻了，开始后悔当她问"这会儿能不能见个面"时自己给出了"我倒是没有关系"的回答。就头痛她这一点，充留暗想。只有定义为有趣才开始笑的麻美真是死认真。什么恋爱，什么爱情，什么相互舔舐伤口，将似乎是不知从什么地方耳闻目睹的词汇拿过来加以罗列，然后再做出烦恼的样子的这种……叫什么呢？对了，钝感。

"我，现在，第一次恋爱了。"

麻美往玻璃杯里倒了三厘米左右的烧酒，喝了一口之后，直愣愣地看着充留说道。

充留将视线移开，拉上敞着的窗帘。外面已经黑了，向下看去，白色的街灯照在马路上。

"喂，请不要笑我或鄙视我，对方是你们认识的人。"

充留关上电视，在CD机前蹲下来，随便抽出一张CD装上。重春的雷蒙斯①的音乐响起来，充留慌忙将音

---

① 雷蒙斯乐队，成立于1974年，被视为朋克音乐的先行者，同时也是美国第一支朋克乐队。

量调低。

"认识的人？噢，是参加前些日子派对的谁吧？"

充留对与自己同样三十四岁的全职太太的"第一次恋爱"之类不感兴趣，礼节性地问道。

"宇田男。"

等充留回到座位上后，麻美像小学生一样低下了头，说出这几个字。

"宇田男？"

充留也被自己发疯似的大嗓门吓了一跳。麻美轻轻点了下头。

"就是那个宇田男？宇田男怎么会？……"

她知道自己脸红了，怕被重春和麻美看见，充留再一次起身走向厨房。她打开厨房台面下面的柜子，将贮存的葡萄酒一瓶一瓶地拿起来，挑了一瓶看上去不算太贵的。

"重春，换葡萄酒吧？"她装作若无其事的样子，向从隔断处探出头来的重春问道。

公布了恋爱对象的名字之后，麻美就像坏了的水龙头一般滔滔不绝地讲起恋爱的始末。倘若不是摄入了酒精，充留是无论如何也听不下去的。许是喝醉了，或者仅仅是自己不习惯，麻美掏心掏肺地叙说，甚至使听的人无所适从，卡拉OK练歌房里的接吻、约会首日的情人旅馆、宇田男的话等。麻美说，从第一次去情人旅馆后，他们就定期见面。麻美流畅地说宇田男需要自己，而且自己也和他一样。

充留不明白什么意思，她当真认为会不会是麻美什么地方不正常了，她所讲述的一切会不会都是妄想。宇田男，那个宇田男不可能对麻美这样的女人产生兴趣。如果说宇田男顶讨厌的女性类型，无疑就是麻美这样的女人。就算学生时代也从未见过他们二人说过话。像这种对自己没有自信，实际上也没有什么值得自信之处，这里要笑吗？这里要哭吗？这里要生气吗？总是这样子窥视着周围，慢半拍地笑、高兴、生气，实际上却没有任何感觉的女人。

麻美自斟自饮，淡定地倒满酒，这回又不说宇田男，而是开始说自己老公了。她一本正经地说当初结婚不是因为相爱，而是因为各有各的打算。老公因为结婚得以从单身时的烦琐家务中获得解放，自己则不需回到父母家寻找就职单位。如此侃侃而谈的麻美并没有因喝酒而乱了方寸，然而充留知道她喝醉了，不是醉酒，而是醉在自己的话里。

麻美和学生时代没有任何改变，充留想。她在自己没有弄明白之前先装模作样，在感悟到之前先进入某种角色，所以从她嘴里说出来的话全是些好像在什么地方听来的东西，全是些像不上档次的电视剧一样的台词。

那个宇田男怎么可能需要这样的人呢？

"喂，那你把他叫来看看吧。"

麻美住嘴喝酒时，充留说道。麻美抬起头。

"把宇田男叫过来吧，难得的机会，大家一起喝吧，小型同学聚会。"

本以为她会东拉西扯地岔开话题，谁知麻美站起来，从包里拿出手机就地蹲下，打开手机翻盖，像高中生那样飞快地输入文字。重春站起来，这种情形使得充留意识到自己正死死地盯着麻美手里的手机。

重春俯视着充留,歪着头,单单动了一下嘴巴说"上面",抬起下巴示意了一下正在蹲着发短信的麻美。充留知道他想说什么,想必重春也觉得刚才那番烦琐冗长讲个没完的话荒诞离奇吧。重春就那样一屁股坐到电视前,打开电源。

"我想很快就会回信的。"

麻美说完,回到座位上,扫视了一圈之后将视线移向重春。

"但愿能合您的口味……"

"很可口,谢谢您的饭菜!"重春像个不怎么和气的高中生一样小声应道。

不可能有什么回信的。是麻美不正常了,肯定是她要不上孩子,一直待在家里,加之性生活减少,所以妄想着被同学聚会时遇到的宇田男引诱,并且任由那种妄想膨胀。充留一边胡思乱想一边喝葡萄酒,举起筷子伸向所剩无几的菜肴。掂一下麻美喝的烧酒瓶子,几乎空了,充留将它拿向厨房。

"有日本酒和葡萄酒,喝哪个?"充留问。

尽管不想再让麻美喝下去,可是自己又不好说不喝。

"那就喝日本酒吧。"

仿佛要将麻美的回答盖住,麻美的手机响起特别厚重的旋律。

"来了,短信。"

麻美的声音听上去在远处。

"可惜,他说不能来了,早点告诉他就好了,可是我今天也是突然来的呀。下次事前正儿八经约好再来,和宇田男。"

麻美站起来,靠在厨房隔断上,特意把手机递给充留。充留条件反射般接过来,目光落在手机屏幕上。

"现在正和别人喝酒,走不开,问蒲儿好。宇田男。"

竟然是真的,不是麻美的妄想。不知怎么个底细,他们好像当真在谈恋爱——麻美和宇田男,那样的麻美和那样的宇田男。仿佛站在波涛汹涌的水边,感觉脚下东摇西晃。充留执拗地重新读了一遍屏幕上的文字,做出一副笑脸,还给了麻美。房间里低低地回响着重春打游戏惊悚的音乐声。如果麻美的话全部是真的，麻美当真要离婚吧。那么说，她是以结婚为前提和宇田男交往的吧。尽管没什么好绝望的，充留却体会到了绝望的心情。问蒲儿好、问蒲儿好、问蒲儿好，她仿佛要把这句话刻在心里一般，一遍又一遍地重复着。

充留一直讨厌"蒲生"这一文字与发音都粗糙生硬的姓氏，可是到了宇田男嘴里，听上去不是"蒲生"，而是"蒲儿"，让她感觉仿佛是漫画或动画片里荒诞却又不可或缺的主人公的昵称。充留喜欢被宇田男唤作"蒲儿"，二十岁的时候。

"怎么说呢，感觉像是看情感剧走火入魔的大妈。"

重春边往水盆里运脏盘子边说，充留笑出了声。

"喂，听到了吧？傻话连篇吧？她呀，虽然一直在我们的圈子里，却朴素不起眼，也没有个男朋友，然后大学毕业后三年左右突然就结婚了。听刚才那话，似乎觉得她现在正在拼命挽回虚度的学生时代呢。"

"有的有的，那样的人，叫什么高中初登场、社会人初登场吧？是那个吧？全职太太初登场？"

"对的对的，就是那个。"

充留很高兴不需多言，重春也能理解自己想表达的意思。平时光是待在那里就可能让人上火的重春，今天却仅仅因为和自己在一起而使自己获救。充留想，如果重春真的不在场的话，自己会怎样呢？当听到麻美那番和宇田男恋爱的告白之后。

"太惊人了吧？又不是初试身手，哪来的第一次恋爱嘛？结婚都十年了，就算她说她那场婚姻是各取所需吧。"

"第一次恋爱的对象你认识？"

重春的声音夹杂着水声传过来。

"认识啊。"充留尽量若无其事地说，"因为是同级同学。"

"那人也是那种类型的？朴素不起眼、以纯洁的童贞送走大学时代成为大叔的那种类型？或许是志趣相投的两个人在玩学生游戏吧？"

"不是的，宇田男完完全全不是的。宇田男……"察觉到自己声音里透着陶醉，充留打住话头。说宇田男是麻美的男版岂不滑稽？可是解释起来就会把不相干的事抖搂出来，况且她觉得就算解释，估计重春也弄不懂宇田男是何种人。

"我去洗个澡。"充留从座位上走开。

"噢。"重春抬起头应道。

对充留来说，宇田男正是她第一次恋着的对象。她高中和大学一年级时也同男孩子有过交往，不过自从宇田男出现在自己面前之后，她才明白"恋爱"与"有了恋爱的感觉"是截然不同的。所谓恋爱，类似于扎进手指的刺永远拔不出来，痛得火辣辣、麻酥酥，百爪挠心般焦躁难安，始终伴随着异物感，被什么东西哪怕轻轻触碰一下也会跳起来，那里面全然没有和其他男孩子交往中感到的忐忑与期待。

充留完全不晓得学生时代的自己是什么样子，能记起来的全是自己眼中的他人和世界，看不见她自己。

直到毕业，充留都一直恋着宇田男。和宇田男睡觉倒是简单，可是和宇田男之间建立关系就难了，比德语和克尔凯郭尔①还难。充留想,之所以看不见那个时期的自己,或许是宇田男眼里的自己没有形成形象吧。不要说形象了,她甚至觉得宇田男未必看得见蒲生充留这个人。

大学毕业的时候,充留有了恋人,是过于喜欢宇田男之余交往的对象。交往了三年,被对方甩了,对此充留也丝毫不觉得难过,没过上半年又有了一个恋人,和那人的交往也依然是因为爱恋宇田男。宇田男不再出现在学生时代的聚会里,不久也听不到他的流言蜚语了,然而充留这才得以将宇田男渐渐淡忘。和重春交往的时候没有记起宇田男的存在,开始一起生活时甚至连他的名字都没有记起来。

然而那天在裕美子和正道举办的荒唐派对上,当他看到仿佛唯独他一人没有变老的宇田男时,充留恍然大悟:忘记与讨厌截然不同。忘记的话,不知何时还会记起。充留真正忆起的并非是爱恋宇田男的岁月,而是爱

---

① 丹麦现代存在主义哲学的创始人。

恋宇田男的心情。

当然,充留并没有想入非非。如果说学生时代和三十岁的今天有何不同的话,那就是懂得了现实。和宇田男建立关系从现实来讲是不可能的,三十四岁的充留一瞬间理解了二十岁时没有发现的事情。因为充留十分清楚派对上的宇田男照旧看不见自己的身影,所以和宇田男道过无聊的寒暄、聊了聊近况之后就含笑离开了,回到了和重春生活的这处公寓。这就是自己的现实。

宇田男看不见自己,却看见了麻美。自己没有被在楼梯平台上亲吻,麻美却被亲吻了;自己后来没有接到电话,麻美却接到了。到底为什么?如果是刚刚离婚的裕美子尚能理解,再或者是参加派对的阿樱或江上或诺恩,是从学生时代起就各具个性、华丽夺目、就那样成长起来的她们的话尚能理解,为什么偏偏是这个由朴素不起眼、无趣的学生成长为看情感剧走火入魔的大妈一样的麻美呢?

想到这里,充留苦笑了。自己究竟在嫉妒什么?好像是在嫉妒过去,似乎是因为过去没有得到的东西被别的什么人弄到手了。尽管如今并非想要怎样,却做出捶胸顿足想要的架势。若是浴室里有窗户就好了,她莫名其妙地想。

"重春你是个怎样的大学生?"

充留问冲完淋浴钻到床上的重春。

"什么怎样的?"

关上灯,重春反问道。

"你看啊,社团啦,学院啦,朋友啦,有的吧?就叫学生生活吧。"

黑暗里充留大声说。充留邂逅重春是在三年前,好像是在留级一年的重春大学刚毕业的时候。在新宿和女编辑喝酒时,邻桌三个男孩子在喝酒,喝到醉醺醺时,充留她们邀请男孩子们一起喝。重春看上去最不耐烦,却接连喝了两家酒馆,后来又去唱卡拉OK,天空开始泛白的时候,黏着充留跟到了房间。

充留对邂逅之前的重春几乎一无所知。他父母的家在东京,有一个弟弟和一个妹妹,双亲健在,初夜是在十五岁,毕业的大学是哪里,知道的也就这些。有重春不愿意谈论自己的原因,也有充留没有问过的原因,她对邂逅之前的重春不怎么感兴趣。

不过麻美回去之后,她蓦然醒悟到重春也有和自己那些人相似的岁月吧。因为喜欢谁或者讨厌谁闹出很大动静,将无所谓的东西认定为宝贝,误以为自己那些人就是世界的中心。重春也有过的吧。

"没什么,平平淡淡。因为我不大去学校,留级了,也不怎么参加社团,经常打工。"

"打什么工?"

"很多。居酒屋啦,道路施工啦,交通管理啦……"

"貌似枯燥无味的大学时代呢。"她直言不讳地说道。

"不,是无比枯燥无味。"重春说完,转过身背对着充留,似乎在暗示"我要睡了,不会回答了",充留也闭上眼睛睡觉。

"所以我搞不懂你们那样的,怎么说呢,好像是羁绊之类的。"

"啊？什么来着？羁绊是什么？"充留睁开眼睛，抬起上半身问道。

"所以，怎么说呢，不是爱校精神，但又好像是那一类。"

"哪来的什么爱校精神。"

重春一声不吭，似乎很快进入了睡眠状态。充留摇起重春，想弄明白重春说的是什么。

"喂，没有什么爱校精神，我不明白你说的是什么。"

"所以，不是那样却是那一类，我说不好，总感觉你也好，你的朋友也好，身体的一部分没有从那里出来，对吧？我就完全没有那种东西，我不想回到过去，并且在学校时我就盼着毕业。"

充留听了这话再次躺下，仰望着天花板嘟囔道："确实如此啊。"背对着她的重春没有回应，须臾传来鼾声。

并非因为想回到学生时代，也并非因为被其羁绊，她想再度摇醒重春这样告诉他，可是另一方面，她又十分清楚重春说的是什么，感觉也弄明白了自己有而重春没有的东西是什么，甚至感觉重春好像不像自己那样努力也与其有关。当然，充留没有说出来，而是转身背对着重春闭上了眼睛。如果有人现身说让自己再回到二十岁，自己会欣然接受吧，而且会重蹈覆辙地爱上宇田男吧。无法像重春那样酣然入睡，充留闭着眼睛，久久地思索着这些事情。

十月的忧郁

和正道分手并没有造成预想的伤害。裕美子本来以为或许会发生更严重的事情，以为或许会进入外出仅限于往返在工作单位和家之间的半封闭状态。

没有发生那样的事情。

首先，自己不感兴趣的东西从房间里消失了。黑疙瘩似的组合音响不见了之后，起居室让人感觉清爽又宽敞。数目庞大的CD和每周带进来的漫画杂志不见了，就不需要归拢总是扔得到处都是的那些东西了。来东京时带进来的那条不知为何一直被正道视若珍宝、印着怪异图案的毛毯以及开始生锈的炒锅都不见了。橱柜可以双倍利用了，腌萝卜和咸鱼也都从冰箱里消失了。

正道搬走以后，裕美子把每个周末都花在买东西上，买窗帘，买沙发，买毛巾类，买拖鞋，买床罩。每次采购都让她兴奋不已。

扔掉旧东西，换上新东西，正道的气息逐渐从房间里消失，变得有她自己的样子了。环顾一下完成了大换装的房子，她心情舒畅，不由得感觉就算将正道从自己这里拉走也照旧有留下来的东西。

找不到该买的东西时，裕美子迷上了联谊会。

裕美子在一家熟人经营的杂货店工作，职员包括裕美子在内有五个人，另外打工的有三人，全都是女性。打工的多是二十多岁的女孩子，拜托她们的话，就有人帮她筹划联谊会。裕美子担心三十快过半的自己混在二十来岁的女孩子中参加联谊会会不会太轻浮，可是她们却说"裕美子年轻得很呢"，她想当然地听信她们的话参加了。事实上，担心纯属杞人忧天。在第一次联谊会上，裕美子就得知自己比二十岁的女孩子们更受男人们欢迎。裕美子想可能是因为从容淡定吧。二十岁的女孩子们尽管口口声声说不打算找男朋友，却不知为何一点也不从容淡定。因此，她们不肯听人说话，光谈自己，很快声音就大了起来并做出夸张的反应。因为她们之间有一种奇异的凝聚力,彼此互相牵制,所以形成了一个凌驾于个人之上的密不透风的团体,男人们再怎么对某个人感兴趣也无法打破团体的壁垒。

裕美子能从容感受那种场合的气氛。好几个男人向裕美子要了短信联系方式,当天就发来短信联系。

联谊会层出不穷。就算打工的女孩子不筹划,也会有在联谊会上认识的某个人相邀,也有时是学生时代的朋友招呼。当然,男人们并不是每次都会过来问她要短信联系方式,既有感觉别人对自己毫无兴趣的时候,也经历过好几次无聊到数时间的联谊会,不过裕美子只要被邀请,无论哪里都会前往,和陌生男人喝酒是令人愉快的。

世上竟有这种东西!裕美子以浦岛太郎[①]般的心情想道。裕美子和正道反复分分合合的日子里,世上的女人竟然如此快活。

---

① 日本民间童话故事里的人物,因为救过一只乌龟,后被乌龟报恩带到龙宫,数月后回家时获赠一个盒子,里面装着岁月。

男人们为自己挑选葡萄酒，为自己夹菜，一说没有烟了就跑去给自己买来，并且结账也不AA制，女的一方必定便宜，有时甚至免费。仅仅因为是女人就受到优待。他们热情且充满善意，没有人对裕美子的话吹毛求疵，也没有人对她说什么"我觉得那有点问题"之类的话。

五月到十月期间，她和在联谊会上遇到的男人约会过三次。这又是裕美子不了解的天地。

第一次，这个男人就职于电脑公司。他竟然开车到离裕美子住处最近的车站接她，还专门下车为裕美子打开车门。

第二次，这个男人二十九岁，在编辑出版公司工作。他们在新宿看电影、喝茶、逛CD店和商场、吃饭、到酒吧喝酒。令人吃惊的是那天裕美子一次也没有拿出过钱包。

第三次，是位二十五岁的打工青年。裕美子不晓得比自己小十岁的男孩子为何要邀请自己，但她不想周末一个人待在家里，就应邀前往了。他带裕美子去的地方是迪士尼乐园。当裕美子说这是她第一次来迪士尼乐园时，他像看外星人一样看着她。她原以为是处无聊的地方，以为是处只有孩子、兴趣古怪的人和腻歪歪的情侣才去的休闲设施。真是大错特错，世上竟有如此好玩的地方，裕美子不由得再次惊叹。

迄今为止，她感觉自己仿佛被关在阳光照射不到的工厂里，在日复一日地组装琐碎的零件。在她弯着腰组装不知派何用场的零件期间，战争结束，经济复苏，高楼大厦拔地而起，高速公路纵横交错，昭和结束变成平成。就是那种感觉。

"我的青春被非法榨取了呀。"

给充留挂电话，裕美子也一本正经地这样说。充留吃惊地笑了。

"和泽井在一起时，你看上去似乎也一直在兴致昂扬地讴歌青春呀。"

如果把在工厂里组装零件的每一天称作青春的话，也未尝不可。裕美子思忖着，却没有说出口。

一闪念记起了忘到脑后的正道，她怀有的不是依恋，而是哀怜。

正道不仅没有车，而且连驾照都没有。他既不晓得时尚的餐馆，也肯定不会替女孩子付餐费。他认为迪士尼乐园是无聊的去处，如果问他是否知道其他约会方案，几乎是一无所知。从十八岁至今的十五年间，约着见面去喝酒就是自己的约会，他知道的只有这样的事。现在好了，因为现在有了野村遥香，不过，年轻的她迟早会厌烦那样的男人吧。他不仅不会筹划什么令人心驰神往的约会，而且永远会因为什么是成功什么是失败之类的荒谬问题抬杠。正道早晚会被年轻的她踹掉吧。果真如此的话，估计往后找不到什么女友了吧。那他岂不是会一直孤零零一个人了吗？裕美子浮想联翩。

所有的约会都没能发展成交往，仅作为约会倒是令人愉快，可是裕美子无法想象如何和"二十九岁"或"二十五岁"的男人交往。"二十九岁"的男人在酒吧喝酒之后邀她去自己的房间，"二十五岁"的男人说想去裕美子的住处，但是她无法想象去陌生男人的房间或带陌生男人进入自己的房间。他们没有勉强，面带着潇洒的笑容将裕美子送到车站。尽管感谢他们的绅士态度，但裕美子还是为自己关在工厂期间日本男性的荷尔蒙是否显著下降感到担忧。

三个人都联系裕美子问下次约会的时间。裕美子的回答闪烁其词,于是大约一个月后就纷纷断了联系。

裕美子认为下次的约会可能会很愉快,可是下次的下次之后还有下次,她无论如何也想象不出下次的下次的下次的下次的约会之后和他们待在一起的自己。换句话说,裕美子无法理解建立关系是怎么一回事。

所以,眼下裕美子没有男朋友。她照旧有联谊会的邀请,照旧开心。裕美子精心化好妆出门,被男人们奉承一番后美滋滋地回到填满心仪之物的房间,卸妆,悠悠地洗澡,在一个人睡过于宽敞的双人床上摆成"大"字形睡觉。

很久没有做饭了。裕美子一边念着便笺,一边推着购物车走。天气突然转冷,火锅也不错吧,她想。不过想做点什么更考究的东西。手伸向盛猪排的盒子一半时,裕美子突然停住了,一个年轻女人从旁边挤开她抓走了猪排。裕美子依然站在那里，盯着猪排盒子。

在令人生畏的浓墨重彩中，她忆起了和正道在一起的生活，经常像这样来超市，选的都是两人份的食品。

鲑鱼或鳕鱼两块装，混合肉馅四百克，牛肉不要小盒要中盒，饮品选大瓶，米五公斤。既有满怀期待采购的时候，也有一边在心里不耐烦地咂舌一边买东西的时候，收银台排起的长队总是让裕美子焦躁。买重东西的时候，她总是恨正道把采购推给自己一人，既挖苦过他，也吵过架，为这些事情，为米太重之类的事情。

和正道在一起生活时，她从未考虑过那些事情，也从未考虑过幸福与否，而生活尽是些琐碎事情的重重累积。有没有要洗的衣物；接二连三去外面吃饭，今天做饭吧；饮料和米不该同时买；正道回家晚了等，感觉在这类事情的重重累积中建立了什么、形成了什么。

但是在猪肉柜台前，裕美子想明白了。我们确实建立了我们自己的生活，但是如今又彻底地失去了它。

"不好意思，能否借过下？"一位优雅的老妇人冲她说道。

裕美子慌忙让开，等老妇人离开之后，才诚惶诚恐地拿起猪排放进手推车里。

和正道分开之后，她几乎都在外面吃饭，没有来过超市，购物差不多都在便利店解决。她想，自己是在无意识地逃避，逃避不买单块肉而是下意识地将手伸向两块的，逃避明明两公斤就足够却买了五公斤的米，逃避如此一来蓦然意识到失去了的东西。

裕美子轻轻摇了摇头，精神抖擞地推起购物车。接下来买鸡蛋，然后是腊肉、通心粉和温室栽培的西红柿，她盯着便笺，小声地念完。

回去之后先做猪排芝士，渍好肉之后做芝士意大利面，然后切茄子，切西红柿。为了不使其他东西进到脑子里，她拼命地想，因为若非如此，自己仿佛就要被方才突如其来出现的空洞吞噬掉。

一进门，充留瞅也不瞅桌子上的菜肴，而是进到屋子里四处张望。看完起居室又转向走廊，听声音就知道她连卧室和浴室都看过了。

"像是换了另一套房子。"回到起居室,充留说。

"我把它收拾成另一套房子了,好容易一个人了嘛。"

"没想到裕美子竟然有少女情怀呀。"

"喂,我这就去拿,你请坐吧。啤酒,还是香槟?"

"那就啤酒。"

充留总算来到了餐桌旁,坐到正道以前坐的位置上。

拿来凉拌菜和啤酒杯,裕美子在充留对面坐下来,两个人碰了杯,将啤酒一饮而尽。屋子里鸦雀无声。

"沙发也换新的了。裕美子你真好呀,能随心所欲地买想要的东西。"

"哈哈,你是说我不工作却这样?"裕美子冲她笑。

"我可没有那样说呀。你不也在努力工作吗?不过千金小姐就是千金小姐啊。看上去好香,我要开吃了。"

充留说完,开始喝南瓜汤。烤箱提示烹调时间结束,裕美子走进厨房。

裕美子没有主动工作过,在去进口杂货店之前,她上过文化中心或兴趣班,画漫画、学学西班牙语、做个俳句、学习现代文学、学学葡萄酒知识等,基本都是浅尝辄止。因为没有坚持下来，所以一事无成。母亲的朋友开了家进口杂货店，让她去帮忙，在杂货店里的收入基本与这套房子一个月的房租一样多。娘家每个月给她寄生活费，学生时代就如此。裕美子的父亲在厚木经营好几处情人旅馆和好几处加油站，最近好像又要开烤肉店。青春期的时候，她拼命遮掩父亲是情人旅馆老板一事，不过托那旅馆的福，她自幼在经济上就没有紧张过，从父母那里要钱已经变得理所当然。

都三十岁了还让父母出生活费，关于这个，正道也没有说过什么，如无业如何如何，钱的来源如何如何，正道不那样划分人。他不说充留是成功的女人，倒也从未断言宇田男是不中用的男人。人无非是客观存在的而已，这是正道的想法，所以和正道在一起时，裕美子从不自卑，无论是所有事情都半途而废，还是不工作仍旧跟父母要生活费。然而和充留两个人面对面时，裕美子旋即为自己感到羞愧，为用家里的卡买四十二万日元的沙发，为在杂货店里做无异于打工的售货员。

"哇，好香！做出什么来了？"

充留的声音将她唤醒，裕美子把猪排装入盘子，摆上马铃薯，缀上水芹，端到桌子上。充留发出欢呼声。

"待会儿还做意大利面哦。"

"啊？意大利面？"

充留的表情僵住了，这样一说，她记起来充留的小男友只会做意大利面。

"那就做番茄芝士焗饭吧。"

"焗饭！好想吃焗饭！"充留孩子似的嚷道。

"我原以为今天会两个人一起来。"

回到座位上，裕美子说。她感觉恐怕那个闷闷不乐的恋人在还能好一点。她想，如果那个不怎么工作的男友在，自己的自卑感也就不会这么强烈了。裕美子隐约想到，学生时代不会考虑那些，从来没有想过和充留一起喝酒会令人觉得不快。

"噢，因为有不想被他听到的话。"

"是什么，不想被他听到的话？"

裕美子向前探着身子问道，可是充留并不进入正题。

"你怎么样？还去联谊会？"她岔开话题问道。

"是呀,联谊会,挽回被榨取的青春。前一阵子竟然和未来的演员们联谊过呢,据说他们都属于演员事务所,虽说只做些跑龙套的工作,不过总体来说模样确实很好。"

"和未来的演员交往起来好像很不容易吧?"

"无所谓啦,反正又不交往。"

"不交往?"

充留一脸认真地问,裕美子一时语塞。虽然想直言不讳地告诉她构建那种反复约会之后往返于双方住处的关系似乎是不可能的,可是裕美子只是点了点头。

"不交往怎么办?"

"怎么办?继续只参加联谊会呗。"

"没有任何目的地?"

"嗯,有人约的话也约会来着。"

"但是不交往?"

"眼下是。"

"单纯地参加联谊会,单纯地约会。还要继续下去?"

充留的追问咄咄逼人,感觉她好像变得一年比一年咄咄逼人了。

"我说充留,我什么都不知道呢。这世上有迪士尼乐园也好,男孩子给拎东西也好,我什么都不知道啊。多少品味一下这些不行吗?发展成交往的话,岂不又会为早饭吃面包还是吃米饭、盘子打没打碎发生口角?眼下我还不想与那些事扯上关系,我只想过得开心点。"

充留看着裕美子,吧嗒吧嗒地眨着眼睛。

"喂,两年就到头了哟,三十岁的女人不会收到联谊会的邀请了吧?"她边嚼猪排边说。

"两年就够了,所以我只掬取上面一层清澈洁净的部分呀。"

裕美子冲她嫣然一笑,一笑之后旋即板起了脸。因为她知道联谊会和一次性约会的循环往复不会有任何结果,那虽然不会伤害自己,却也不能将自己带去任何地方。裕美子的确记不起那个二十九岁的男人的模样了。

"是挽回被榨取的青春的热潮吧?"

将骨头扔进盘子里,拿纸巾擦了擦手,充留蹦出了这么一句。裕美子问怎么回事,充留也不看裕美子,淡淡地讲起来。

"吓了我一大跳呢。你的离婚派对之后不是去唱卡拉OK了吗？好像麻美在那里被宇田男吻了。我以为到此为止了，结果麻美说两个人打得火热，约会上了，现在正交往着。这个给我一下嘛。"充留拿过放在桌子上的红葡萄酒酒瓶，打开软木塞，无精打采地直接倒进喝完啤酒的玻璃杯里，喝掉了大半杯，"麻美，朴素不起眼的吧，学生时代？说什么到现在才第一次恋爱。怎么说呢，已经恍恍惚惚了。宇田男怎么想的不清楚，麻美已经完全是二十岁的感觉了，那才让人觉得是在贪婪地挽回失去的青春。"喝完杯子里剩下的红酒，充留自己加满。

好像这话才是重点，裕美子想。充留是因为想说这些话，所以今天才来这里的，没将小男友带过来也是这个原因。

纸巾没有擦干净的肉的油脂黏黏地粘在充留的玻璃杯上。充留一边说一边使劲地用手指头抹，想把它擦掉，油脂不仅没被擦掉，反而扩散到其他地方。裕美子站起来，到厨房拿了个葡萄酒酒杯放到充留面前。

"可是怎么会是麻美呢?"

裕美子瞅着倒在酒杯里的液体,充留又蹦出一句来。

"麻美和宇田男不般配吗?"

裕美子察觉到自己说话的声音里包含着焦躁。充留抬起头。

"那样的麻美和那样的宇田男哪里般配啊?"

"搞得跟真的似的。两个人似乎相信现在的自己是假象,与实际不一样,所以才搞到一起了吧?"

传入耳朵里的声音渐渐变得冷冰冰。

宇田男和麻美开始交往了,这在裕美子看来似乎不是值得专程一个人跑来报告的新闻。"那样的麻美和那样的宇田男",裕美子和充留以截然不同的含义理解这句话。一味闷在家里等老公回家的麻美就算寻求一点刺激也没什么好奇怪,话虽如此,老实的麻美也不可能和不认识的男人结交。而宇田男呢?引诱麻美大概不用费事,而且在一起的话,麻美大概会净讲过去的事吧,宇田男如何了不起啦、如何帅啦、自己如何仰慕他啦……麻美说得率真,于是宇田男为自己的光辉形象没有丧失而感到安心和飘飘然。就是那么回事。

对裕美子来说，宇田男是埋没于过去的人。裕美子认为宇田男确实有才能（这样说的话，应该又会被正道质问"才能是什么"了）。她承认只要宇田男在，他们的圈子里就有一种似乎连自己也变成了一种特殊存在的兴奋感，不过那些都是学生时代的话题了，是十五年前的老话题了。宇田男仅仅两三年就江郎才尽了，他的才能也就那种程度而已。大学毕业之后，世上几乎听不到宇田男的名字，朋友圈里也一样。虽然时而流传着他流浪到印度啦，或者在大阪当了流浪者啦之类的小道消息，可是裕美子觉得总而言之他在做平淡无奇的事情。宇田男必定认为那样的话别人会觉得有趣。印度流浪也好，大阪也好，只能让人觉得那是他惺惺作态所必需的舞台。他是个无足轻重的男人，不，比之更甚，是个丑陋的男人。这就是裕美子对宇田男的印象。

她知道学生时代的充留喜欢宇田男，裕美子觉得那也可以理解。那时候，不光是充留，所有的人——除了被正道绊住了的自己——都仰慕宇田男，都希望和他亲近。

可是那些都是老话了。不隶属于任何地方，不借助任何人的帮助，充留单枪匹马地拿下了工作，甚至出了书。每逢素未谋面的女儿的老同学登上杂志或报纸，裕美子的妈妈都会给裕美子打来电话，母女俩仿佛是自己的事情一般一起为充留欢喜。充留的才能不能和宇田男相提并论，不会在几年内消失，而且最重要的是充留具有别人不具备的力量，她有一种不惧怕任何荒芜之地、勇往直前的力量。裕美子如此认为。

裕美子无法理解这样的充留为何始终对宇田男耿耿于怀。她一直冷眼旁观充留交往的男人，哪一个都比宇田男优秀，也包括现在这个只会做意大利面的男友。

"喂，裕美子，宇田男和麻美完全不一样吧？简直截然相反嘛。麻美说自己是种假象我倒能理解，可宇田男不是那样的呀。"

充留动了真格，越说越激动。裕美子突然被一种想用更激烈的言辞贬低宇田男的冲动所驱使，她想这样唤醒充留。

"一样的嘛。宇田男现在在做什么？不是什么也不做吗？他连个固定工作也没有啊。他那人呀，有一种年轻时做了点事的自尊，那种自尊不允许他成为工薪一族，他会一事无成地混到四十岁的。大概宇田男是因为没钱才接近麻美的，麻美神思恍惚的，不就乖乖把钱给他了吗？"

觉得说得的确太过，裕美子闭上了嘴，站起来去厨房找烟，皱巴巴的空盒子放在厨房台面上。

"这么回事啊，是钱啊，那也有可能。"

原以为她会大怒，说"宇田男不是那样的人"，然而充留眼望着空中嘀咕了那么一句。

"那样的话，我似乎理解了宇田男接近麻美的理由。"

充留定定地看着从厨房折回的裕美子，笑呵呵地说道。

噢，原来如此，裕美子想。充留似乎一直在思索自己没有而麻美有的魅力是什么，像个长青春痘的小女生。充留似乎没有发现，论钱的话，自己比麻美更有钱。她似乎想搞明白麻美和宇田男之间没有什么爱情，似乎不愿意让自己可望而不可即的东西被麻美轻而易举地揽入囊中。

裕美子回想起来，学生时代见了面之后谈论的全是恋爱的话题。正道有了喜欢的人啦，他又回心转意啦，像一板一眼的小学生写牵牛花观察日记一样，裕美子向充留报告。充留也是一样，在大教室的一隅，在学生食堂向阳的座位上，在学生街廉价的居酒屋里，在谁的宿舍里，或者手指绕着电话线。

"我得不到宇田男的认可。"二十岁的充留哭着说，"无论我做什么，宇田男都对我视而不见，我甚至进不到宇田男的视野里。"

裕美子在脑子里搜寻那时候自己说了什么安慰充留，却想不起来。如今宇田男不选择你是因为被刺激到自卑感了呀，估计就算这样说也无法安慰充留吧。在充留的心里，宇田男永远都光彩照人，自己是永远不能吸引宇田男的无趣女孩，再怎么费尽唇舌，那也是不可逆转的。

"我去买盒烟行吗？"裕美子说。

"我也一起去。"充留霍地站了起来。

休息日的夜晚静悄悄的，白天暖和得很，这会儿却寒气袭人。沿着马路种植的银杏树叶梢上开始泛黄。

"裕美子一直吸烟吗？"

充留吐出的气息是白色的。

"有时候吸，泽井开始戒烟时也和他一起戒掉了，因为他不在了，所以可以光明正大地吸了。"

正道的行李被运走之后，裕美子做的第一件事就是去买烟。跑过和充留走着的这条路到便利店，买上打火机和烟又跑着回到家里，然后在摆着家具却看上去突然变得空空荡荡的房子里点上烟。许久不吸的烟苦涩难抽，可她还是吸到了根。烟灰缸收起来了，她从垃圾桶里找出个空罐子丢烟灰，房间里转眼间就充满了烟味儿。"活该！"裕美子嘟囔道，不知针对何物地说道。

"裕美子，你会不会想起泽井？"

充留抱着胳膊躬着背问。

"那个，会想起的，我这样说他会这样反驳、会这样吵起来之类。"

"想不起好的事情？"

"可是我们没有美好的过去呀,实在糟糕透了,所以即便有美好的回忆也不会就此终止,而会顺理成章地直至回想到现在吧。"

看得见便利店白色的灯光了,一对紧紧挽着胳膊的情侣与她们擦肩而过。

"你要是也放不下宇田男的话,再见见他如何?不是过去,而是看一下现在如何?"

"和泽井喝酒了。"

充留换了话题。

"啊?还好?"

"担心了?"充留仔细打量着裕美子。

"别阴阳怪气的,礼貌性问候啦。"裕美子笑着撞了一下充留,只是轻轻一碰,或许是喝醉了,充留一下子就手扶着地摔倒了。她也不站起来,趴在地上放声大笑。

"啊,讨厌,喝醉了。"

裕美子拉着充留的胳膊将她扶了起来。

"他说现在那个女人光做和食。"充留依然边笑边说,"所以狼吞虎咽地吃油腻的东西。"看了一眼裕美子,她补充道,然后朝着便利店的灯光跑起来。

"等等我,为什么要跑呢?"

裕美子也跑起来。

这样子啊。裕美子一边追赶充留,一边在心里说。这不很好吗?没有孤零零一个人,还没有被踹掉,还能吃和食。

于是,裕美子仿佛看见遥远的事物一般想象着正道和什么地方的女人开始生活的片段,比如两块盒装银鳕鱼、晾衣架上挂着的一大排袜子之类。

十二月的焦躁

六月失踪的女性八月份被发现死于非命，就是那位说去参加同学聚会之后就一去不返的妻子。丈夫每周都在电视里对着妻子说话，然而在八月的节目中，此事被作为杀人案结案了，罪犯就是女人曾经交往过的男人。他还曾经接受电视采访，说虽然担心，但她已经和自己没有关系了。罪犯被逮捕之后，报纸上也小幅登载过那件事。在八月份的电视节目中，主持人表情认真地宣布他们的节目为案件的侦破助了一臂之力。到了接下来的一周，与那位女性有关的事情就不再被谈及了，画面上出现的又是新的失踪者的证件照。麻美现在也依然和老公一起看那档节目，每星期都有哪个地方的什么人不见了，有的被找到，有的没有被找到。

"那家伙居然是罪犯呐。"

看八月份节目的智仿佛读完侦探小说的孩子般说道。

"可是他还那么泰然自若地接受采访呢。"

麻美一边喝日本酒一边说。

"这女孩子似乎是离家出走,恐怕也被人杀了。"

看到新失踪者的证件照,智不怎么感兴趣地说。

虽然仅仅在电视里见过那个被害女性,可是麻美到了九月、到了十月还是无法忘记她。正在剥豌豆准备做晚饭的她接到了曾经的交往对象的消息后将豌豆扔下走出家门的情形,宛如亲眼见到的一般浮现在麻美眼前。麻美想她必定还爱着那个交往对象吧。他们肯定还时不时地偷偷幽会,所以接到消息时她才会顾不上准备晚饭地奔出家门,也许还匆匆涂了口红,草草画了眉毛。

匆匆涂了口红,草草画了眉毛,麻美思忖着给智发的短信内容。裕美子和充留的名字被搬出来的次数太多了,还是再找个其他的什么人为好。麻美想起来只是互寄明信片已经不见面的好几个人的面孔,公司同事亚希、大学里时常一起吃饭的尚美、高中时代的好友阿缘。感觉谁的名字都可以，可是如果出现之前闻所未闻的名字的话，智该生疑了吧。保险起见，还是用裕美子和充留吧。用她们的名字做挡箭牌已经是一个月以前的事了，估计没什么不自然。裕美子交上了新恋人，大家要一起吃个饭。嗯，就那样吧。

检查了一下化过妆的脸，又在穿衣镜前打量了一番自己的形象，麻美披上外套往外走。手都要够着门了却又感觉煤气还开着，又焦急地打开锁。她甩掉靴子跑进房子里查看厨房，煤气关着，只有刚才一直烧着的锅的盖子咕嘟咕嘟地发出鸣叫般的声音。

她再次锁好玄关的锁走出家门。麻美边往车站赶，边想起玄关前摆放的一品红早已枯萎。

倘若我就这么一去不回的话，老公会拜托那档节目追踪调查的吧。麻美一边走在午后的街道上一边考虑那事，可是锅里还有炖了一半的炖菜，有意出走的人还会做什么炖菜吗？他会不会像那个女人的老公那样摆出认真的神情这样诉说呢？

就这样一去不回的话……这样想着，她有了一种放纵的心情。也许真的不回去了，继续想下去，心情愈发亢奋。走了大约十五分钟到达车站。尽管是中午，车站里却拥挤不堪，大学生、公司职员、主妇、小学生和中学生。熙熙攘攘的人群中，麻美定睛看售票机旁边的镜子，端详自己的脸。直到半年前，她尚连这里有镜子都不晓得。

将IC卡插入自动检票口，麻美迈着轻松的步伐走向站台。

约会地点是新宿，高岛屋的入口前面。宇田男想必不会制订什么计划了，麻美却规划得井井有条。先逛高岛屋和HANDS①挑选圣诞礼物，还有时间的话看电影、吃饭，之后去旅馆。麻美想，因为平安夜和圣诞节当日可能无法相见，所以虽然早了点，权当今天庆贺圣诞。不想去常去的那种情人旅馆，虽不敢说东京凯悦酒店，但是想去世纪南悦酒店或王子大饭店，那样的话住下也无妨，可以像电影里那样和宇田男在床上吃早餐。盘算

---

① 位于东京的大型连锁百货商店，又叫东急HANDS。

好今天的约会，麻美差一点预约某处旅馆，可是她又担心女人是否可以做这些事情，担心宇田男会不感兴趣，最终还是作罢了。

到了约好的三点钟，宇田男却没有来。因为一贯如此，所以麻美没怎么往心里去。望着尚未点亮的圣诞装饰品，她收起嘴角漾起的笑意站起身。

从六月开始与宇田男幽会过三次。逛街、吃饭、去情人旅馆，或者去情人旅馆、逛街、吃饭，虽然顺序不同，但约会的内容基本千篇一律。麻美在半年之中突然了解了很多事情，她头一回知道情人旅馆有和室、西式、带卡拉OK的等五花八门的种类，漫画茶室那种地方也是头一回光顾，头一回踏进站着喝酒的小酒馆，头一回吃杂碎烧烤。宇田男之于麻美，就像被打开的一扇通向未知世界的门。无论吃饭，还是休息，或是买点小东西，掏腰包的总是自己，而且虽然那是智的钱，麻美却毫不在意。她认为不可能免费去未知世界，而且包揽了家务的自己花智的钱天经地义，用智的奖金为今天购置衣服和靴子也没让她犹豫。

麻美对老公智的感情在这半年里发生了很大的变化。半年之前，尽管她认为没有什么实质性的接触，但他们是真正的夫妻，她相信与同年龄段的夫妻相比，他们要和谐得多，虽然没有爱情，却被比那更深厚的爱连接在一起。然而，从前觉得无所谓的智的举手投足变得不顺眼起来，不沾酒、匆匆扒拉饭地进餐，没完没了地互发短信，"要不要去买酒呢？"这样心血来潮的话语，就连本应作为真正夫妻证据的谈话少也让麻美觉得心烦。

麻美开始厌恶和老公在一起的生活，她甚至感觉自己被非法幽禁了。偶尔她会认真地考虑逃走，比起离婚这种实际性的问题，空想一下失踪似乎更能给麻美带来现实感。只把随身物品塞进旅行袋去宇田男那里，和宇田男一起就那样逃到某个地方，在那个地方过日子。

麻美猛然间再次从雾霭一般开始将自己笼罩的空想中回过神来。看看表，四点过了好几分钟了，太阳早已西斜。然而压根不见宇田男的踪影。迟到一个小时很少见。麻美拿出手机，拨了宇田男的号码。"本电话可能处于关机状态，信号无法到达。"一个声音报告道。发短信:"现在在高岛屋前面,没忘吧?约好了三点钟吧?"短信发了出去,却没收到回信。

拿出了手机就顺便给老公智也发了个短信:"裕美子想介绍一下新恋人,我们要聚聚,会到很晚的。锅里做好了炖菜,请热一下吃。"

老公立即回了短信,这个短信的速度之快和没有意义又让麻美焦躁。

"知道。今晚是炖菜吗?天气冷,好开心呀(奇怪的图形)。你打算在哪里吃什么?"

"在新宿……"本想发短信告诉他,却懒得再应付他的回信。麻美将手机收进包里,她抬头望着往来穿梭的行人,没有宇田男。

没有宇田男,却在熙熙攘攘的人群中发现了一张熟悉的面孔——泽井正道。麻美赶紧低下头,不希望被他发现自己等男人等了一个小时,可是对方似乎早一刻看见她了,正朝着这边走来。

"这不是段田吗?怎么回事?不年不节的大白天里怎么站在这种地方?"

正道身边有位年轻女孩儿。她好像怕生的小孩子一般躲在正道身后,眼睛一眨不眨地盯着麻美看。

"你又是怎么回事?不过年不过节地跑来溜达?"

"噢,今天我补假,上周六晴海有个活动。"

正道的工作是什么?麻美边想边换了张笑脸。

"我在等人。待会儿有个让你大吃一惊的人过来哦。"

"啊?谁?"

一瞬间正道脸上现出了困惑。他怕是以为裕美子要来吧。

"佐山宇田男,我待会儿就是要和他见面。"

"啊?和宇田男?好像是出人意料的组合。"

可能是得知来的不是裕美子放了心的缘故,正道脸上露出了笑容。看到这个,麻美说:"喂,我想他马上就会过来。不去喝点茶?希望你没有急事。"

麻美想向正道——不,实际上不是正道,是裕美子或充留也不赖——显摆一下和宇田男在一起的自己。意外也好什么也好,自己真的在和他交往,想让他们知道这件事情。

"这样啊。我正想歇一会儿了。怎么样？行吗？"

正道看着身边的女孩子。女孩子看上去不怎么高兴，却也没有反对。穿过马路，他们在星巴克的露天平台上坐下。正道去买三人份的饮品，麻美和陌生女孩子面面相觑。

"我叫段田麻美，是泽井的老同学。"麻美主动自我介绍。

"野村遥香。"

女孩子不带一丝笑意地说完，微微点了下头。因为她只报了自己的名字，所以麻美只能猜想她是何人了。麻美猜测她可能就是导致正道离婚的女人，除此之外也想不出别的来。这么一想，她骤然产生了庸俗的兴趣。麻美毫不客气地盯着女孩子看。她的确比裕美子年轻，脸蛋也漂亮，不过裕美子拥有的东西这个女孩子似乎没有，漂亮是漂亮，可是缺少点什么，因为这层原因看上去不怎么有魅力。麻美得出了这样的结论。接下来又觉得奇怪，那么这个女孩子没有而裕美子拥有的是什么呢？

"待会儿会有我们另外一个同学过来。"麻美笑眯眯地对板着脸的遥香说。

结果令人吃惊的是，野村遥香板着脸问道："不会是裕美子吧？"她知道裕美子？并且觉得不痛快？嗯，或许也是情理之中。麻美心领神会地说："怎么会？要来的是一个叫佐山宇田男的人，是男的呀。"说完感觉遥香的脸色多少有所缓和。

正道端着放了三个马克杯的托盘回来了。刚一坐下，他就突然问："这样说来，段田，很长时间以前了，你是不是去过大久保的漫画茶室？"

麻美一惊，说不出话来，她知道自己脸红了。那是八月份，和宇田男照旧去了情人旅馆。本来宇田男说要住下，可完事之后又说要回去。因为那时已经给老公发过短信说今天要住在充留家了，所以麻美说"那我就一个人留在这里"，可是她一个人待在这说不上干净的房间里觉得冷清，最后还是和宇田男一起离开了旅馆。宇田男向麻美借了坐出租的钱之后就很快不见了踪影，无处可去的麻美去了宇田男曾经带她去过的漫画茶室等始发车。她有一种错觉，觉得似乎从进旅馆开始，这一连串的事情全部被正道看见了。

"没有,我怎么会在那种地方。"麻美赶紧说道。

"谁说不是,偶然遇上个长得像的人了。全职太太麻美不可能在那种地方的嘛。"

麻美自己遮遮掩掩,却觉得正道的话很不入耳。到底是想让人知道和宇田男之间的事呢,还是想隐瞒呢?连麻美自己也糊涂了。

"不好意思,我发个短信告诉他我们在这里。"

麻美笑容满面地说完,弯下腰往手机上打字。发完短信之后,麻美看着手机等了一会儿回复。正道和遥香在对面小声地说着什么,麻美竖起耳朵还是听不清内容。麻美将没有收到回复的手机搁到桌子上,两个人停止说话,默默地吸着马克杯里的饮料。现场流淌着一种说不出来的尴尬气氛。

"可是为什么宇田男和麻美又……"

为了打破令人不快的沉默,正道开口说道。

"为什么?奇怪吗?我们最近经常约会的,情投意合吧。"

麻美一边瞟着手机一边说。快点过来吧，宇田男，让这位老同学明白你和我在一起，你和我在恋爱。她想道。

"咦？出人意料啊。"

反复这样说的正道让她动了气。

"泽井，野村小姐是你的新女友？"麻美不客气地问。

"不能说是新的吧。"正道难为情地笑道。

遥香将脸扭向一边，毫不掩饰不高兴的表情。

"进店里坐会好些吧，太阳一落山就冷得很呐。"正道悠然地说道。

麻美盯着手机，感觉想哭。商场前面的装饰彩灯点亮了，周围的人发出低低的欢呼声。

"宇田男够慢的啊！"正道两手夹在大腿中间，说话时呼出的气息已经成了白色。

"碰上什么事了吧。招呼都不打迟到这么久的时候倒是没大有的。"麻美用辩解似的语气说道。

正道明显一副难为情的表情盯着装饰彩灯，不知道该不该将似乎是遭人爽约的麻美一个人丢下离开。遥香似乎想尽早和正道两个人在一起，她时而摆弄一下空马克杯，时而心神不宁地扭扭腰，时而看看表，无言地表示抗议。

"喂，接下来怎么打算的？"麻美开口道。

"嗯，去那边找家饭店吃点饭……"还没等正道把话说完，麻美就向前探出身子说："我也能一起去吗？三个人一起吃饭吧？"

她不能一个人回去，不能就这么回去和估计八点回来的智一起吃午后做的炖菜。

"啊？嗯，可以，可是……"

正道瞅着遥香，含含糊糊地说。遥香把脸扭向一边叹了口气。麻美自然装作没有听到。

麻美始终与强烈的情感无缘。她总认为表现出强烈情感的人像在演戏，如泽井正道与坂下裕美子。

学生时代的麻美也了解他们俩的交往，知道他们交往了分手、分手了又和好。好几个人去喝酒，刚开始喝得高高兴兴，突然间裕美子开始大声责骂正道，正道笑呵呵地回答什么。裕美子从店里跑出来不知去了哪里，充留追了出去。好几个人开始责备正道，他像没有办法似的走出店门。他们没有回来，剩下的几个人将裕美子和正道恋爱的何去何从当成了助兴菜肴继续喝酒。

他们还没付过钱呢。

当时麻美考虑的是那档子事。麻美不晓得他们跑出店之后会发生什么，或许会在路边彼此冲着对方大声喊"喜欢你""爱你"，或者相拥在一起吧。尽管她将电视剧中看到的场景与之交叠着想象，却难以想象何种东西怎样与"喜欢你""爱你"联系在一起，或者彼此冲着对方大喊后会怎么做。

她也在校园里看到过裕美子狠狠地打正道耳光，而正道却任由她打，不还手。裕美子打完之后又抡起手里的挎包打正道，挎包从裕美子的手中摔落到柏油路上，里面的东西撒了一地。裕美子也不收拾，扬长而去。正道若有所失地低头看着散落一地的包中之物。

包中之物是谁收拾起来了？

当时麻美想的也是那档子事。

她还偶然撞见过充留在哭,依然是几个人去喝酒的时候,她如厕时看到充留蹲在洗手间里哭,几乎是号啕大哭。凑过去问是不是不舒服,充留却甩开麻美的手将自己关在厕所里继续哭。麻美一边在另一间空厕所里解手,一边听着充留的哭声,号啕大哭过了一会儿变成了呕吐的声音。回去之后,她把充留在洗手间里边哭边吐的事告诉了邻座的邦生,结果他非但没有担心,反而大声地散播,所有的人都哄堂大笑,说:"还有这回事吗?"

痛苦得想哭、愤怒地打人、流着眼泪笑之类的事情与麻美无缘。因为她总是喝不醉,总是冷静,所以她无法理解他们那种又哭又闹的感情波动,而将那波动毫不设防地公之于众更让她无法理解。较之初中和高中时代,大学同学们的感情波动似乎更为激烈,有时候甚至觉得宛如退回到了幼儿园。从未喝醉过的麻美也同样无法理解酒可以使心情获得解放。

大家肯定都是在表演,麻美如此认为,表演喜欢谁、表演因为喜欢的人不爱自己而痛苦、表演嫉妒、表演愤怒、表演欢笑。简直把大学当成了舞台,将迄今为止看过的电视剧加以模仿，想来所有的人必定是如此认为的。如此想来，裕美子、充留、宇田男、正道他们的大学生活对麻美来说仿佛显像管的对面一样遥远。

正因为如此，麻美才心驰神往，就像乡下初中生向往以都市为舞台的时尚电视剧一样。她向往着自己也能置身于显像管内部，发自肺腑地哭喊、为嫉妒饱受煎熬、仰天大笑到声嘶力竭。

麻美大学毕业之后直接去了玩具厂就职。工作两年之后开始与同部门的松本智交往，那是麻美第一次谈恋爱。她本以为和男人交往之后或许就会被投进显像管对面喧闹的旋涡中，可是那是和裕美子他们完全相反的平静交往。周末一起吃吃饭，有时去看个电影或者开车兜兜风，半年之后被叫去智的家里吃饭，不经意地就谈到了结婚，也没有求婚。即便如此，宣布结婚时的心情也好极了。整天啰啰唆唆唠叨让她赶紧回老家，在当地就职的父母也终于什么都不说了。裕美子和充留都惊讶得瞪圆了眼。只有那个时候，只有从决定结婚到结婚典礼期间，麻美才终于体会到自己得以进入显像管内部的错觉。

那种错觉在婚礼进行到高潮时就已经消失得无影无踪了。

和智一起坐在观礼台上的麻美望着坐在客席上的曾经的同学们,头晕目眩地望着。说是第一次参加朋友婚礼的裕美子和充留打扮得花枝招展,像在学生街的居酒屋时一样喝得酩酊大醉。正道和裕美子又因为什么事纠缠不休,邦生跟着调解,充留目光追随着宇田男。他们视而不见松本家和段田家双方家属非难的目光,恣意纵情地喧闹着、吵嚷着,做着恶作剧,为争风吃醋而吵架。麻美恍然觉得主角不是穿结婚礼服的自己,而依然是他们。她觉得嫁了松本智的自己无论如何都是一个乏味的人。对结婚的期待和不安以及昨天之前使自己心满意足的一切,转眼之间看上去褪去了颜色。

婚礼之后,智指责了麻美的朋友们。"你完全召集了一群不可理喻的朋友呐!"他用虽然像是开玩笑却丝毫不觉得有趣的口吻说。

"他们还未脱学生气呢。"麻美虽然嘴上对智表示赞同，心里却看不起他。你终究不会懂的，只有一群相互搂着肩膀、满不在乎地唱校歌的朋友的你不懂我们。如此藐视这刚刚成为自己丈夫的男人让她觉得痛快，因为只有那个时候自己也能辗转来到他们那一侧。

在位于多功能楼的居酒屋里，麻美已经让人添了不知多少杯酒了。野村遥香几乎不开口，只吃一点菜，百无聊赖地往店里四处张望，虽然和正道交谈，话题也很快就断了。每次断了话题，正道都尴尬地拿筷子翻弄菜，可能是找不到合适的时机，迟迟无法走出店来，只是陪着麻美干喝酒。过了十点，宇田男依然没有联系。每次去洗手间麻美都打电话，还发短信，可是依然打不通，短信也不回。

看到正道的烟没了，遥香站起来说："我去买烟。"

目送着她的背影，麻美对正道说："我觉得裕美子比她有魅力。"

一直绷着脸的遥香不在了，气氛有一点点缓和。

"别提那个了。"正道笑道，"谁比谁好，说那些个也于事无补了，又不是段田你在交往。"

"那倒是,不过不知道什么不合她意了,始终板着脸一言不发,不是有点太小孩子气了吗?尽管打扰了你们约会的我也不好。"

"她可能对学生时代的事反应过激了吧。"

女友离席后,正道似乎松了口气,仰望着天花板慢吞吞地说。

"你没有提及裕美子可真的是救了我呀。要是提到裕美子的名字,估计要被她数落了。"

"俨然年轻的恋爱呢。"

麻美开玩笑说,看着遥香的座位。麻美能理解她。虽然有什么妙趣横生的事在电视画面里发生着,但是自己绝对进不到那里,只能在这一侧观望。那女孩子想必是这么想的。

"先不说那个。段田,都过了十点了,你不回去不要紧吗?怎么说你也是主妇吧,你还要等宇田男的消息?"

麻美无言以对,怎么办才好她也不是很清楚。正道继续说:"宇田男说到底是临时爽约了吧,他不就是这么个家伙?我家远,她回来后咱们就赶紧结束吧。"

麻美清楚地意识到自己不想回去,那种心情之强烈连她自己都觉得吃惊。她不想回和智一起生活的家,不想见不到宇田男就回去。

"喂,你觉得宇田男是个什么样的人?"

于是麻美提起了宇田男的名字,和熟人聊聊宇田男似乎会有一种见到了他的感觉。

"现在再问我他是什么样的人……既然你们常见面,你不是比我知道得更清楚吗?"

正道一边将目光定格在手表上,一边心不在焉地回答。

"裕美子好像对他评价不怎么样,可是站在男人的角度看,你觉得他是个什么样的人?"

麻美不肯罢休。裕美子的名字一经提起,正道抬起头看向门口,找了一下遥香,说道:"因为我也不怎么见他,所以不清楚,不过他和学生时代没有一点变化,是个我行我素的人吧。所谓评价不怎么样,你不觉得有点问题?别人无论怎么做、做什么,我们都没有资格说三道四的吧。她那人张嘴就来什么输赢成败这类话的吧,可是……"

正道说到这里停下不说了,遮掩一样将近乎空了的杯子送到嘴边。麻美回头一看,遥香正朝着这边走来。

"去外边买的。"

遥香嘟囔完,将烟扔到了桌子上。

"劳驾,谢谢。我们走吧,现在?"

正道慢吞吞地挪动屁股,开始准备打道回府。遥香松了口气一般将放在腿边的包拿到了膝盖上。

"再稍陪我一会儿嘛,泽井。"

麻美冲着正对面的老同学笑道。她想笑来着,却从右眼睛里扑簌簌地流下了眼泪。正道愕然地看着麻美,麻美则更加吃惊。

"我不想回去,一会儿就行,陪陪我嘛。宇田男或许待会儿就会来。"

视线模糊了,左眼睛也流出了眼泪。遥香用讶异的眼神盯着麻美看,然后又将同样的目光转向正道。

"怎么回事吗?怎么了嘛,这么突然,发生什么事了吗?和老公吵架了吧?"

正道用明显困惑的声音问麻美。

眼泪不断地淌下来，连鼻涕也掉下来了。她使劲吸溜了一下鼻子，于是麻美体会到一种迄今为止从未有过的愉悦。心情舒畅，麻美想，在人前哭泣居然如此心情舒畅啊。噢，怪不得他们总是那样子在大家面前哭泣、吵闹啊，因为心情舒畅。

"嗯，对不起。和他一点关系都没有，只是……嗯……我不想回去，所以才拜托你看在同学的份儿上再稍微陪我一会儿的。野村小姐，你要是可以的话，能否再稍稍陪我一下？虽然不怎么有趣，一点儿也不关他的事，而且在你们希望尽早两个人在一起时打扰了你们，十分抱歉，可是我也不晓得该怎么办才好。"

遥香从放在膝盖上的包里取出了什么放在桌子上，是纸巾。麻美将它拽到手边，说："谢谢。"

她冲遥香笑笑，狠狠地擤着鼻子。遥香皱着眉头，一动不动地盯着麻美看。

"再有一小时左右的话……"

正道绝望地说完，扯开香烟崭新的包装。

"看上去很严重啊,各种事情。"遥香说。

是和将香烟啪地扔到桌子上同样的语气。听到这话,正道扑哧笑了一下。

"干吗笑啊?"

"可是你说看上去很严重啊……"

"因为看上去很严重,所以我才说看上去很严重的嘛。严重得都哭了,对吧?"

"可是……"一对恋人小声地商量着。

"噢,对不起。"正道察觉到麻美的目光,道歉地说道。

"没关系的啦,泽井。"麻美说道。

似乎觉得滑稽,麻美也笑了。虽然笑了,眼睛里却依然噙满了泪,那也心情舒畅。和我道别后,正道会带着小恋人回到自己的住处吧,麻美思忖着。自己也想和他们一起回那里,睡在起居室的沙发上,明天为他们二人准备早餐,送他们二人上班之后收拾一下碗筷,打扫一下房间。她不禁觉得比起回那个等着智的家,这样会更加快乐。想到这里时,她仿佛觉得手机响了,慌忙从包里取出手机。收到了短信,按键确认后,来自宇田男。

"有急事没能去,对不起。再联系。"

反复读着屏幕上显示的文字之后,麻美冲着两个人举起手机让他们看。

"是宇田男来的,他没有忘记今天的事。"

麻美激动地说完,再一次将目光移向手机屏,所以她并没有注意到面面相觑的两个人困惑而怜悯的表情。

一月的失踪

怎么说呢，这些人完全是大妈了呀。看到陆陆续续聚到正道房子里的这伙人，野村遥香心里想。第一个赶到的是蒲生充留和她的男友，男友坐在沙发上心神不宁地四下张望。充留并不碰遥香倒的咖啡，而是连珠炮一般将一大堆问题抛向正道。

"来几个人？晚饭怎么办？要不然大家到齐之前我买点什么来做吧？另外，泽井，有酒吗？"

又不是即将开派对。

"什么都没有，不过，我们待会儿要商量事情的吧。"

遥香总感觉那样子回答的正道似乎不是自己所认识的正道，似乎不是自己认识的那个博学多识、充满自信的泽井正道。

"那倒也是，不过就这样子不借酒意地商量？这样子我是做不来的，不喝酒谈不了的吧。"

"啊，是吗？或许吧。"遥香扫兴地看着在充留的逼问下闪烁其词的恋人。

门铃响了。接下来露面的是裕美子。

"裕美子来了。"

听到去开玄关门的充留这样叫道,遥香紧张极了,她这是第一次见恋人分手的前妻。

"喂,我说,麻美的事是真的吗?"

裕美子一出现在屋子里就冲着正道追问,既不管遥香,也不管充留的男友。

"你是不是难以相信是真的?"

"你了解到什么程度?"

"你先稍微镇静一下再谈吧。那么现在啤酒……"

"啊?啤酒?为什么要啤酒?"

"你瞧,较之头脑清醒地说话,边喝点酒什么的边谈不是更惬意吗?而且反正要花点时间的。"

"那倒也是啊。喂,有什么吗?"

裕美子觍着脸走进厨房打开冰箱。

大妈，遥香又一次想。老同学不见了，他们却如此这般喜气洋洋地欢聚一堂，像即将开派对一样在意的只有酒。

"那么……喂，重春，麻利点去买一趟吧，我这就写便条。"充留大声嚷道。

坐在沙发上的男友磨磨蹭蹭地站起来走到充留身边。

"我去一趟吧，他估计不了解这一带的地理状况。"遥香一开口，所有的人都停下了动作看着她。裕美子这才注意到貌似自己让遥香很不满意。

"嗯，那不好意思，拜托了。"正道一副如释重负的表情说道，"噢，这是野村遥香，这位是蒲生充留，还有，这是坂下，这是充留的男友……"正道这会儿才介绍自己，让遥香一肚子气。

"很重的，一个人能行吗？"

做完一番介绍的正道一边递过来便条一边问。遥香总觉得重春也必定会跟过来，冲他说道："没事儿，对吧？"可是他只是呆呆地看着遥香，直到遥香走出门也没有跟过来。充留似乎也没有命令他前往。直到穿好鞋走出玄关，重春也没有露面。

简直混蛋！遥香一边在心里咒骂，一边坐上了电梯。她走在日暮时分的街上，看着交给她的便条。

"嗬，"遥香皱着眉头叹道，"为什么要这么多的酒？"交给她的便条上写着：高装啤酒六罐、烧酒（有的话白薯和小麦的各一瓶）、红葡萄酒三四瓶（其中要两瓶五千日元以上的）。甚至还专门标明了种类和价格。"混不混蛋？"遥香又一次骂道，这回她出声嘟囔着走向商店街。

走在说不上兴旺的商店街上，遥香想起了刚刚见过的裕美子。红地蓝条毛衣配闪电花纹休闲布裤的打扮感觉像个小学生，蓬松的波浪卷发在后面扎起来，几乎没有化妆。比想象中漂亮，却也算不上美女。普通人一个，普通的、三十岁的女人。

当正道告诉遥香她那般不想见的自己的前妻和老同学会在几个小时之后来这里时，遥香犹豫着是回自己东中野的家呢，还是应该怎么办。犹豫到最后，她决定留在正道的房间里。因为不想见他们而回去，总觉得像逃走，这让她觉得窝火。于是她想干脆豁出去见他们算了。在他们来之前的时间里，遥香干劲十足地擦好昨天刚刚打扫过的房间，一边将汤锅和煎锅等充满生活气息的东西统统收起来，一边特意将粉柄与蓝柄的牙刷从柜子里取出来，放进杯子里摆到洗手间，还将收着她和正道两个人照片的相框移到起居室醒目的地方。

做完扫除之后，遥香一副毫不在意的样子坐在沙发上，拖过来一本杂志翻看，可是翻页的手指在颤抖，仿佛听得见自己心跳的声音。我到底要看什么？遥香的眼睛看着丝毫不往脑子里进的杂志想道，前妻的模样？姿态？不，是关系。遥香想。想看的是前妻和正道、老同学和正道以及作为老同学的他们之间的关系。

她推开贴满褪了色的广告画的酒水店的玻璃门。昏暗的酒水店对面有光在闪闪烁烁，好像是店的里屋改成了起居室，一家人正在那里看电视。薄薄地积了一层灰尘的货架上有日本酒，却没有烧酒，葡萄酒倒是有，品牌货却少得可怜。没有必要为那样一些人搜集好酒，在这里看着买点吧。遥香思忖着将手伸向葡萄酒瓶，可是如果被他们认为区区一千日元的葡萄酒是自己的品位可就麻烦了。恰好店员迟迟没有出来，遥香轻悄悄地打开门走了出去。一个驼背老妇人像靠在购物手推车上一般走了过去。遥香叹了口气，顺着来时的路往回走。

遥香觉得似乎只需观察陆续到来的他们不到五分钟，就能了解他们的关系。他们有点事就吵嚷不休，想必就是吵嚷不休的关系吧。

往车站走的时候，遥香的内心深处隐约浮现出一个少女的身姿，她的轮廓逐渐浓重。小惠，她的身姿清晰地浮现在自己的心里，遥香轻轻地叫出了她的名字。

小学上舞蹈培训班时，她和自己学同一门舞蹈课。她们的关系越来越好，上舞蹈课时必定要结伴同行。她们还约好上同一所初中。两人确实升入了同一所初中，可是童年时的关系却随着成长逐渐起了变化。遥香不再像小学生时那样单纯地喜欢小惠了，小惠可能也一样。遥香在罗列出小惠优点的同时，甚至能罗列出比优点还要多的缺点：性情温柔却八面玲珑；谈吐风趣却不能守住秘密；看上去是在听人倾诉，却转身把它当成谈资与他人一起取笑对方；虽然并不因为学习好而趾高气扬，却瞧不起像自己这样学习不好的人。遥香觉得想必小惠一定也是这样看待自己的。她清楚，与其说自己忌讳小惠的缺点，不如说更忌讳自己的缺点被小惠罗列出来。

初中时，遥香之所以和几个朋友一起欺负小惠，大概是因为害怕。并非因为厌恶小惠，而是害怕被小惠厌恶。长大之后，遥香意识到了这一层。

遥香和几个朋友一起一直蔑视小惠。小惠总是悄悄地坐在窗边，舞蹈培训班也不再去了。遥香和小惠保持着这种状态，一直到初中毕业。遥香升入本地的男女生混合学校，小惠则升入坐车需一个半小时的女子学校。

遥香偶遇直至初中毕业都没有说过话的小惠，是在高中二年级的暑假。在当地新开的一家购物中心的休闲区，遥香发现了从对面走过来的小惠，她想赶紧躲起来，可是小惠没等遥香躲起来就先一步发现了她，笑盈盈地走了过来。"好久不见了。"小惠做出一副和小学时毫无二致的笑脸招呼道。她依然微笑着对含糊其词地寒暄着的遥香说："遥儿，你如今也在以伤害谁为乐吧？"

小惠冲着哑口无言的遥香摆摆手，说："再也不想见到你。"她依然面带笑容地小声说道，说完就离开了。

那之后一直到来东京之前，在外头闲逛的时候，遥香总是战战兢兢地窥视周围，以防被小惠看到。尽管她从心底里厌恶那样的自己。

那之后，遥香只能保持距离地和朋友交往了。遥香隐约觉得和某人亲密就会厌恶这个人，或者遭到这个人的厌恶。

遥香总是将"恋人"与"朋友"区分开来。能让遥香缩近距离的只有恋人，如果是恋人的话，因为厌恶而预见到关系的终结时，分手即可。遥香既不把恋人介绍给朋友，也不让恋人碰到朋友。恋人、不是恋人的许多人，这就是遥香的分类。

遥香记起跟正道撒谎说有无言电话打到手机上一事。她觉得如果示意似乎是那么回事的话，正道就会怀疑是裕美子做的。她简单地以为那样一来正道就会强烈地憎恨裕美子——或者害怕、厌恶她——斩钉截铁地和她一刀两断，然而事情并没有她想得那么简单。正道丝毫不加理会。至于其中的原因，目睹了他们之间关系的现在就能理解了。

遥香暗想，包括正道和前妻裕美子的老同学们，恐怕在成长中既未遭别人厌恶也没有厌恶过别人吧。大概他们毫不介意缩近和别人之间的距离吧；大概他们吵吵嚷嚷地和别人相处着长大，然后在大学里搜罗到志趣相投的朋友，聚在一起吵吵嚷嚷地度过大学时光，然后如今又吵吵嚷嚷地纠缠在一起吧。他们超越了喜欢和厌恶，对他们而言，喜欢就是肯定，厌恶无疑就是漠不关心，仅限于此无疑。

正道之所以不怀疑裕美子，不在于她会不会做那样的事情，而是因为他无法想象而已。这是一种类似喜欢和厌恶、肯定和否定组合在一起的状态。

在这一带一家商品种类相对齐全的超市里，遥香一股脑地买齐了便条上的东西。掂了一下东西，重得让人心烦。不知为何，她觉得像条被人使唤的狗一样乖乖回到他身边的自己傻里傻气的。穿过车站时她甚至想就这么坐上电车一走了之，可终究还是皱着眉头朝正道的公寓走去。冬日的太阳已经消失在楼的对面，淡淡的紫色在头顶上方扩散开来。

回到房间，正道和裕美子、充留和重春正坐在餐桌旁吵吵嚷嚷地讨论着。遥香背对着他们，将买回来的东西收拾到冰箱里。遥香原以为他们或许在推测不见了的老同学的行踪，赶紧听听他们在自己身后的交谈，谁知他们竟然在讨论叫外卖要比萨还是寿司、牛肉火锅还是中餐，比萨的话要什么馅料的，中餐的话要几种。

"行了，什么都行啊。我来打电话，赶紧定下来吧。"

正道边说边往厨房里走，用格外温柔的声音对往冰箱里收拾酒的遥香说："劳驾你了，过会儿再给你钱。净是些无聊的事，你要是感觉没意思的话就看看电视吧，或者想回去的话回去也不要紧的。"

遥香一边听着向中餐馆订菜的正道的声音，一边将玻璃杯和啤酒端了出去。

"对不起啦，让你去买东西。"充留说道。

"有需要帮忙的事说一声。噢，不过，别人随便使用厨房什么的也让人讨厌吧。"

"没关系的。我来做，请坐着吧。"

遥香冲他们微笑着说。她暗暗觉得刚才的笑容想必看上去非常从容。

"喂，最后和麻美待在一起的不是泽井，而是遥香妹妹吧？"裕美子叫住了想回厨房的遥香。

尽管对被唤作"遥香妹妹"感到火冒三丈，她还是说："是的。不过，段田并不是当天就失踪的吧？"

这次她做出一副担心的表情。

"段田？"充留疑惑道。打完电话的正道看着遥香说："那天是她自报家门说叫段田麻美的，对吧？"

"为什么要报旧姓呢？"

"说起来，麻美姓什么来着？结婚之后变成了什么来着？"

"哎呀，什么来着？我也记不起来了。"

"是不是山本？"

"哎，是山本麻美吗？"

"讨厌，为什么谁都记不起来了呢？"

桌子上再一次热闹起来。遥香走进和餐厅连着的厨房，一边准备盘子和方便筷，一边略感奇怪地回望迟迟不进入正题的他们。

"松本……"不倒进杯子里，直接拿起易拉罐对着嘴喝的重春第一次开口道。

"对呀，松本！哎呀，你只见过她一次却知道得很清楚啊。"

充留提高了嗓门，拍了拍重春的肩膀。

"报上旧姓，说明麻美打算离婚？"

"这样说来，她来我家时说过那样的话呀，专门打电话过来说准备离婚，还跑到我家里来了呀，对吧？"

"……第一次恋爱。"重春小声嘀咕道，望着充留偷偷地笑。

"对对，公开宣布第一次恋爱。"

"那么她是不是早就离婚了？"正道添了一圈啤酒，问道。

"她老公说麻美还没有提那种话呢。"裕美子抬头看着他回答。

"这么说来,她老公为什么给裕美子家打电话,今天却没有来这里?难道不是他的老婆吗?对吧?并且给裕美子打来电话是在麻美不见之后过了很久的吧?"

"喂,遥香妹妹也过来喝点吧?"

"对呀,一会儿我来弄,坐吧。遥香没有听说过吧,段田的手机或电子邮件地址?"

被他们招呼着,遥香才勉勉强强离开厨房台面。因为餐桌只有四把椅子,所以她在沙发上坐了下来。四个人,不,准确地说是除了重春以外的三个人一边相互倒着啤酒,一边你一言我一语、不紧不慢地谈论着失踪了的麻美。遥香坐在沙发上小口小口地喝着递过来的啤酒,一动不动地望着他们,注视着吵吵嚷嚷、漫天胡侃着没有方向性话语的他们。

"喂,泽井,确认一下,你确实说过去年见到她时她正和宇田男约好见面是吧?那么你也见过宇田男发的短信了?"

"见到短信了。"

"写的什么?"

"好像是'有事不能去了……',对吧?"

正道转过脸,遥香冲他点了几下头。

"不会是和宇田男在一起吧?有没有试着和宇田男联系过?"

"那个嘛,没有人知道宇田男的联系方式呀。"

"可是宇田男来你们的派对……"说到这里,充留停了下来,瞟了遥香一眼,"他不是来过离婚派对吗?"她强调"离婚"似的说道。

总算顾虑一回了。遥香心想。

"可是请柬是寄出去的。"

"既然知道地址,去拜访一下吧?"

"何必那样……况且他们又未必在一起。"

"宇田男和麻美在一起那样的事是不可能的吧?麻美之前也来过我家,感觉有点不对劲。"

"不对劲指的是什么?"

"嗯,'宇田男、宇田男'的,净说宇田男了。怎么说呢,会不会有妄想倾向?"

"我倒不认为是妄想,不过确实有点奇怪哟,被拐得不正常了吧?哎,有'被拐得不正常了'这一说法吧?"

"是被'冰川清志①拐得不正常了'之类的用法,还是'脑袋里的螺丝被拐得不正常了'的意思?"

"是被'冰川清志拐得不正常了'。为什么是冰川清志呢?"

"这个无所谓吧,是个比喻,也就是说被宇田男拐得不正常了吧?"

你们这些家伙,能不能别把话题扯向奇怪的方向?

遥香坐在沙发上望着一本正经讨论着的他们,然后凭想象将那时候见过的段田麻美加入他们中间。

上个月搅和了她和正道约会的那个曾经的同学、现在的家庭主妇麻美,令人难以置信的是,遭恋人爽约了的那天,她竟然和遥香一起来到了正道的公寓。她在酒馆里哭着说不想回家,正道让她弄得没法,只好带她回来了。那天遥香在和室里给她铺了床被子让她睡下了。

拂晓时分,遥香醒来,麻美已经站在厨房里准备早

---

① 日本歌手,本名山田清志。

餐了。恋人家的厨房被人随随便便闯入，遥香自然觉得不快。

"太对不起了，因为我是主妇，总觉得不这样做心里不安稳呢。"麻美睁着哭肿的眼睛说。

"不必，又不是我的家。"遥香那样回答。

正道匆匆吃完麻美准备的早餐——买好的面包、火腿煎蛋、沙拉、牛奶咖啡——之后上班去了。房间里剩下了麻美和遥香。

麻美干净利索地将三个人的盘子收拾好，晒上被褥，重新给遥香和自己沏了咖啡。

"我第一次擅自在外面留宿。"她睁着阿岩①般的双眼笑道。

前一天被她厚颜无耻地横插一杠子时感到的类似于敌意一样的东西在遥香心里一点一点地消失了。在遥香看来，麻美实在不够体面。她跟到正道位于千叶的家里留宿一事，对遥香来说过于莫名其妙，这种莫名其妙同

---

① 歌舞伎《东海道四日怪谈》里的女主人公。

时也让人觉得可怜。她没有工作,是个无所事事的主妇,并且她自以为似乎在和老同学谈恋爱,然而老同学肯定压根儿没把她当回事。这一点遥香只和她待在一起一天就能了解。遥香觉得想必麻美也无法理解自己那莫名其妙的行为。她猜想可能对于从未违反过宿舍关门时间也从未逃过学的麻美来说,那种不能理解的行为恰恰是大冒险。

那天过了中午,麻美和遥香一起离开了正道家。麻美睁着未消肿的眼睛向遥香问这问那,在哪里出生,住在哪里,年龄、工作以及和正道如何相识。二十五岁的年龄和舞蹈演员的职业让麻美反应激烈。"真好呀!"作为社交辞令,她过分啰唆地反复说。

看见车站时,麻美邀她去喝茶。说老实话,她一个劲儿地提出问题,自己反过来问她点什么她也只是闪烁其词地应答。遥香觉得和她交谈没什么意思,喝茶消磨时间是种浪费,于是她以有工作拒绝。麻美垂头丧气得都让遥香为拒绝她而感到后悔了。"是吗?是这样啊。有闲暇的也只有我了吧?"她嘀咕道,而后又无精打采地说,"真不想回去啊。"直到买票时她还在自言自语。

遥香半开玩笑地说:"不想回去的话就全部释放出来,逃走怎么样?"

"逃?往哪里?"她脸对脸地盯着遥香问。

"哪里都行嘛。去成田买张飞机票什么的,即便那个太勉强,从这里的话,就去御宿或鸭川,箱根和伊豆也成,玩个三两天再回来嘛。"

麻美一直站在那里,用微肿的眼睛定定地盯着遥香。听了想都不敢想的话之后那种目瞪口呆的表情让遥香觉得有点尴尬。她依稀觉得平凡的太太麻美把自己的话当了真,会做一次失踪之类的事情。然而遥香走向检票口时,麻美也乖乖地跟了过来。在开往东京的电车中,麻美一言不发,一个劲儿地从车窗往外看。

觉得麻美可怜,遥香开口道:"我和正道认识之前的事了,我经常想逃走。那时我一边打工,一边加入舞蹈队参加公演,对未来忧心忡忡,人际关系也不顺利,所以特别想逃走。那时候我经常去成田机场,待在出发大厅里,自上而下读那个从天花板上垂下来的巨大的到达地显示牌。成田发往马德里、印度的航空啦，成田发往伦敦、英国的航空啦，一直读那些，感觉仿佛出去旅行了一般。于是，就会觉得'啊，我去转了一圈'，之后就能回来了。"麻美望着窗外，时不时附和几句："不过，工作也找到了，而且如今有了正道，就不再有那样的事了吧。"麻美心不在焉，于是遥香将话打住。

"那个段田麻美不见了，好像一星期都没有回来了。"就在昨天晚上从正道那里听到了这话。麻美的老公和裕美子联系了，裕美子联系了正道和充留，匆匆忙忙决定今天周六到正道家集合，彼此确认一下线索。

遥香没有告诉正道她边往车站走边和麻美进行的交谈，总觉得他们把责任转嫁给自己可不妙，并且和麻美交谈已经是一个月以前的事情了。她不认为那时候谈到的"去御宿或伊豆"是非转告不可的重要谈话。

"出人意料地好吃嘛，竟然有这么地道的饭店呢。"

"你呀，小看这附近了哟。"

"所以麻美住这里了吧？是看到泽井过上了和以前截然不同的生活心生羡慕了吧？没准儿她深信自己也能过

另一种生活。"

"不过那已经是一个月以前的事了吧？和来我家没关系的吧？"

"有的吧？所以呀，你得认真想想嘛，泽井。"

"我在想，可是我并不太了解段田的交友关系。"

"她老公也说一点头绪都没有呢。他说好像也没回娘家，而且除了我们几个的名字以外也没有听说过其他朋友的名字。"

叫的外卖中餐一到，三个人就叽叽喳喳地摆上盘子，打开葡萄酒开始吃饭。正道倒是说给遥香让椅子，可是遥香拒绝了，坐在沙发上吃分盛给她的饭菜。手忙脚乱地站起来、坐下、拖盘子、往杯里倒酒，那时间里也片刻不停地继续交谈的三个人和夹在他们中间一声不吭吃饭的重春。遥香想象中的麻美无法顺利地加入他们中间。无法看懂麻美和他们建立的关系，遥香想，她在他们中间肯定自始至终都不开心吧。

遥香起身来到阳台。待在暖气房里的身体接触到外面的空气感觉过于寒冷，做一下深呼吸却神清气爽。看到星星，每一颗都轮廓清晰地眨着眼睛。她趿拉着男式拖鞋，回头望去，橘色的灯光下，四个人正在吃饭，总觉得那看上去像十分遥远的场景。

遥香意识到自己并非在看正道的前妻，而是在看着他们。她产生了一种错觉，仿佛正在看着时光倒流回去的过去的重现。肯定就是这个样子的吧。正道和裕美子的生活正是现在所见到的情形吧。平时朋友来访时，他们都是一边吵吵嚷嚷地谈论着重要或不重要的事情，一边在橘色的灯光下吃饭的吧。

如若结婚时就是如今这番景象的话，那他们的分手究竟意味着什么？遥香开始思索。也就是说，通过分手，正道和裕美子的关系发生了怎样的变化？

那并非嫉妒，更不是什么败给裕美子的感觉，而是遥香内心自然涌起的单纯的疑问。

充留对重春说了句什么，他起身走向厨房，正道在微微欠身跟他说着什么。她看见重春打开冰箱，拿出葡萄酒瓶给大家看。充留点点头，重春折回，将葡萄酒递给正道，他弯腰拔下软木塞。裕美子一边夸张地笑，一边将所有人的盘子收到一起分菜,与其说他们在寻找失踪的朋友,不如说像在举办一场习惯性的家庭派对。

并排坐在电车座位上的麻美的身影浮现出来,那个一边轻轻附和着自己的话,一边定定地盯着窗外看的麻美。从窗外射进来的阳光给麻美的汗毛镀上了金色的光。

正道冷不防转身看向这边,起身走了过来。"怎么了?"他打开玻璃门,柔声向遥香问道,"累了吗?吃好了?先睡吧?"

"麻美。"遥香开口道,白色的气息扩散开来。

"嗯?"正道不解地歪着脑袋。

"我觉得麻美之所以去了别处都是因为你们。"

遥香一边说,一边想自己为何要说这话。说完之后她明白了,自己想伤害这个人,明白了此时似乎对恋人怀着童年时对朋友怀有的肯定与否定。

"什么?这话是怎么说的?"

正道蹙起了眉头。

"我只是这样认为。我想她肯定是看着你们才想要逃走的。"

"好冷，关上门。"房间里传来叫喊声。

"先进来好吗？"正道说。

遥香脱下拖鞋进了房间。热气扑面而来的房间里满是大蒜和芝麻油的香气。

"你是说我们与麻美的离家出走有关系？"

正道再次询问。桌子上的所有人都看向遥香。

"我只是那样认为。"遥香伫立在窗前说道，仿佛挨了骂被罚站的孩子一般。

"请再好好解释一下嘛，听不明白。"

"就算解释，我想你、你们肯定也不会明白的。"

桌子上的三个人顾虑重重地交替看着正道和遥香。

"我们对段田说过什么吗？充留她们在段田来的时候，说过什么让人反感的话了吗？"

充留和裕美子当即摇了摇头，表情像年幼的孩子。她们不会懂的，遥香想。这些人绝对理解不了老同学失踪的原因，即使她被找到之后逐一说明那种原因。

"我先去洗澡睡觉了，诸位请慢用啊。"

遥香含着笑对恋人的朋友们说完，离开客厅走向浴室。她似乎不断听到他们吵吵嚷嚷的交谈声尾随而至。

烧洗澡水的时间里,遥香对着镜子卸了妆。如果和正道结了婚——这是遥香的强烈愿望——估计这将成为家常便饭吧。估计一有点什么事,那些朋友们就会聚到这里,吵吵嚷嚷地谈论吧。岂不是每一次都将被迫面对那样的关系?自己岂不是将永远在玻璃门的对面远远地眺望着自己无法得到的东西了吗?

遥香脱了衣服,将身体浸在浴缸里,眼前浮现出站在机场到达地显示牌前的麻美。仰起脸祈祷一般逐一读着飞机到达地的麻美的身姿不知不觉变成了她自己。

二月的决断

向裕美子打听到了宇田男的住处,离他的住处最近的车站是下北泽。走出下北泽检票口的充留简直要被这里的人山人海惊呆了。下了南口的楼梯,人越发多起来。往检票口走的人、下楼梯的人、派送纸巾和广告宣传页的人以及单纯闲逛的人混杂交织,全都是些年轻人。什么玩意儿?充留在心里骂道。什么玩意儿?又不是涩谷。尽管天气寒冷,不喷水的喷泉前还是聚着很多年轻人,他们或蹲或站,权且在那里围成圆圈。

从他们旁边走过的时候,充留想起自己也曾是那个样子。实际上自己也曾经在这处不喷水的喷泉前或蹲或站,商量着接下来要去的店铺,等始发电车,或者漫无目的地一味待在那里。那已经是十几年前的事情了。充留略微想了一下那时的自己是什么样的心情,却想不起来了,只是觉得那个时候似乎也在想宇田男。

走在行人依然成群结队通行的窄路上,充留回头瞥了一眼背后。待在那里的男孩女孩们十几年之后也会把此刻的所思所想忘得一干二净吧，也会冲着年轻人咂舌、皱眉，从下北泽的熙熙攘攘中穿过吧，并且也会隐约记起自己那时曾经一门心思地爱着的那个人吧。

穿过茶泽路，喧嚣一下子远去了。阴暗的天空下，深色的住宅延展开来，成群结队漫步的年轻人的身影少了。充留按照门牌号走进住宅区，不时和推着婴儿车的阿姨或拎着超市袋子的女人擦肩而过。

见到宇田男打算怎么办？充留一边走在街上一边思忖。尽管她没有一点头绪，腿却在不停地迈向宇田男居住的地方。

一月份失踪的麻美虽然没有回到老公正在等候的家里，却有了音讯。"好像回了娘家。"给裕美子打来电话的麻美的老公似乎是这样说的。

据麻美的老公说——据裕美子的间接报告——在她

老公终于考虑是否要向警方提出搜查请求时,接到了麻美的电话。"我现在在娘家,抱歉没有跟你联系。"麻美用和平时别无二致的声音说。"她问可不可以再在那边待一段日子,所以我知道了她在度假,不必担心,没事的。以后我再想想办法,而且我们约好让她每天都给我打电话。"麻美的老公告诉裕美子。

裕美子紧接着气愤不已地打电话给充留:"她那老公,松本某,太滑稽了呀!我也能理解麻美为什么想离家出走了。他并不感谢担惊受怕的我们,那倒也罢了,可是麻美还没回来,他却说已经没事了,俨然问题已经解决了一般。喂,正常不得更担心?或者更惴惴不安?跟我们联系说她不见了也已经够晚的了,还说什么晓得了她大概在度假。他以为他是谁啊?气死我了。"她在电话里一口气说道。

充留也认为这话的确够奇怪的。她和裕美子商量后,决定给麻美娘家打电话,可是她俩把家里翻了个底朝天也都没有找到学生时代的毕业生名单簿——毕业时发的,记着就职地与父母家的地址和联系方式。泽井正道也是一样。大家都记得麻美的娘家在长野县,可是不知道联系方式也是白搭。裕美子说要不跟她老公联系一下问问,可是到了那会儿,不知为何大家都感觉无所谓了。

"算了吧,又不是小孩子不见了,况且不是每天都会跟她老公联系的吗?"充留说道。

"夫妻有多种多样,也许有些事情只有他们夫妻才明白,与其我们额外插上一杠子,不如交给她老公更好吧。"正道表示赞同地说道。

"可是……"裕美子顿了下,最终却说道,"是呀。"是呀,说起来是成年人了,又没有迷路,想回来的话会回来的吧,而且想去哪里的话,去也无妨。

老同学会议就那样结束了,充留却冒出一个念头:正道和裕美子做夫妻那会儿,倘若裕美子也同样不见了踪影,正道会怎么做呢?她并没有考虑如果自己不见了的话重春会怎么做,而是想到了正道和裕美子。充留觉得不可思议。

二丁目二十二号……充留交替看着电线杆上写的号码和便条上的记录,寻找"绿川公寓"。找到了!一瞬间她的心怦怦地跳了起来。

那是一栋两层公寓。楼的入口处有集体邮箱，阳光照射不到的狭长过道里是并排的玄关门，门旁边放着各家各户的洗衣机。充留站在集体邮箱前，105号下面用透明胶带粘着写有"佐山"的纸条，字露出飞白，纸的四角已经磨破。找到了，她又一次想。这仿佛是信号一般，心又一次怦怦地跳了起来，心脏膨胀得仿佛要扩张到整个身体。

充留一边确认房门号，一边沿着昏暗的过道往前走，走到尽头是105号房间，胶合板门的旁边是发黑了的呼叫电话。充留缓缓做了个深呼吸，按下了呼叫电话。

按下的一瞬间，充留想，或许不在家，她察觉到自己在祈祷着宇田男不要在家。然而数秒后门咔嗒一声被打开了，宇田男站在橘色的灯光中，他看到站在玄关前的充留倒也并不惊讶。

"啊，"他用睡意蒙眬的声音说，"啊，怎么了？"

一进去就是一个四张榻榻米大小的厨房，右边是一体式卫浴间，尽头有个六张榻榻米大小的房间，玻璃窗外面是杂草丛生的窄小院落。因为院子对面是楼房，所以房间里和过道一样不见阳光，中午刚过，却开着白炽灯。

充留坐在榻榻米上，检查一般朝房间里四下张望。没有窗帘，窗帘轨道上悬挂着几件衣服。没有像样的家具，靠墙放着电视和组合音响，对面的墙上堆着好几摞柱子一样的书。玻璃窗下放着笔记本电脑，那似乎使充留心里的石头落了地。

"说吧，什么事？"在厨房烧水的宇田男问。充留回头看着宇田男的背影，穿着牛仔裤和运动T恤的宇田男光着脚。"段田怎么样了？"宇田男回过头来问道。茫然地盯着宇田男光脚板的充留赶忙将视线移开。

"你瞧，麻美不见了呀，失踪了。你和麻美好像很亲近吧？我想你会不会知道些什么。"

宇田男什么也没有回答，吐出了一声："嗯。"水壶咝咝的声音越来越大，然后消失。

"速溶的。"

宇田男两手端着马克杯走进六张榻榻米的房间，直接将杯子放到榻榻米上，面向着充留盘腿坐下。充留偷偷瞟了宇田男一眼。她看不出来镜子里的自己的年龄变化，觉得自己看上去和学生时代没有任何改变。充留不禁觉得宇田男和镜子里的自己一样，从学生时代起就没有发生任何变化。

"你可有什么线索？麻美已经失踪一个月了，有没有什么联系？或者来这里住过？可有这样的事？"

"嗯，一个月……来过吧。不对，怎么说呢……"宇田男嘴里嘀嘀咕咕。那种含混不清使充留受到了伤害。想不起是否来过，就是说在那之前麻美也来过这里。麻美轻而易举地来过这个我要下好大决心才能拜访的地方，充留想。

"不过，我和段田并不怎么亲密呀？"

宇田男以疑问的形式说完"呀"字，正面看着充留。

"可是麻美说在和你来往的嘛。你不是还和她互发短信的吗？"

充留迎头盯着宇田男，咄咄逼人地说。说完之后，她觉得自己的言辞滑稽可笑，这样一来岂不成了责备对方是花心恋人了吗？

"所谓来往是指交往？可是，她不是有丈夫吗？"

宇田男无动于衷地说。

这样一来岂不成了责备对方是花心恋人了吗？和十五年前做过的、说过的不是没有丝毫改变吗？充留感到一丝丝恐惧，对本应该接受了种种变化、适应了变化的自己那尚未改变的部分。

"也就是说，麻美认为在和你交往，而你却只是抱着玩玩的想法而已？所以就算麻美突然失踪，你也一无所知，而且她也并未和你联系？"

"玩玩？蒲生，你说得太过分了啊。"宇田男仰望着天花板饶有趣味地笑了。

"噢，"他保持着那种姿势止住了笑，"或许有过的吧。"说完，他趴下接通放在窗边的笔记本电脑的电源，四方形的画面在昏暗的房间里缓缓地放出光来。充留一边仿佛听着令人愉悦的声音一般听着宇田男敲击键盘的声音，一边扫视着堆放在墙角的书的脊封，在评论集、诗集、旧小说和电影剧本中找寻"佐山宇田男"这几个字。虽没有找到,她却发现自己为宇田男像保护命根子一样将他的书装饰起来而感到安心。

"有过联系的。"

屁股冲着充留摆弄电脑的宇田男说。

"说什么?"她问。

"你看。"他打开收信画面让她看。充留膝行过去,在宇田男身边跪坐好。

题目为"我出来了"的邮件千真万确是麻美发来的。

宇田男先生:

  我现在打算去冲绳,拜访一下你对我说过的孤岛。那是一个什么样的岛屿呢?瞧,落潮时岛的正中央会闪出一条路……我希望记起来,却无法记起。

  我之所以能够毅然决然地离家出走都是因为你。尽管现在什么都没有定下来,可是我能付诸行动了,所以我觉得很了不起。宇田男的那句话在背后推动了我。

喂,宇田男,如果工作还没有敲定的话,我们约在冲绳见面吧?悠然自得地逛一下海岛吧?请联系我的手机,电话和短信都行。期待着和你醉意朦胧地喝着琉球烧酒看海。

段田麻美

看看发信的日期,大约是一周之前,即失踪后的第二个星期。

"这不是有联系吗?"

"所以我不是说过有的吗?"

"为什么没有马上想起来?"

"因为没太重视。"

"她不是邀请你了吗?不是说要和你在冲绳见面吗?你和她联系了吗?去还是不去,你认真地联系过了吗?"

"何苦……怎么说呢,又没有去冲绳的钱,突然之间我为什么要去冲绳?"

"你对麻美说了什么?"

"啊?什么?"

"你瞧,你说了什么了嘛。这里不是有吗?'宇田男的那句话在背后推动了我'。"

"不知道,而且我也没有在背后推动她。"

"想一想嘛。对你来说也许无所谓,可是这不是因为你的一句话而导致麻美离家出走了吗?"

充留步步紧逼地追问,然后目不转睛地看着坐在旁边的宇田男的脸,嘴周围是乱蓬蓬的胡须,脸颊上也残留着胡子,干燥的嘴唇,浅茶色的眼眸,肉嘟嘟的鼻翼。她近得不能再近地盯着宇田男看,此刻才吃惊地注意到自己离宇田男近得不能再近了,她克制着自己再凑近几厘米吻上宇田男干燥的嘴唇的欲望。充留蓦然感到一种自我嫌恶,她察觉到自己其实想验证一下麻美和宇田男的关系是自己想的那样,希望像现在这样和宇田男一起读麻美产生错觉的邮件,希望确定宇田男绝对不会喜欢上麻美。对宇田男的那种孩子气十足的爱恋应该在很久以前就早已消失了,然而如今自己体味到的正是幼稚的优越感。

"宇田男,你的才能枯竭了吗?"

充留将脸从宇田男眼前扭开，一边盯着发光的电脑画面一边说。

"啊？"

"不是，我只是突然念及于此而已。你在学生时代既能写书又能作词，还做企划，可是现在不是什么都不做了吗？那是不是才能枯竭了呢？"

充留也不知道自己为什么会那样说。她以为他会把话题岔开，然而宇田男却抱膝而坐，依旧盯着画面说道："才能之类的，我从一开始就没有啊。"

"可是，书不是卖得很好吗？"

"蒲生，你知道那个吗？把小动物放进巧克力里的那东西？"

"蛋形巧克力？"

"没错，就是那个。蛋形巧克力没有什么才能的吧？不是制作蛋形巧克力的人，而是那东西本身，那东西本身什么也做不了的吧？可是那时候火爆畅销吧？我想我就是那种感觉。"

充留在宇田男身边模仿他似的抱住膝盖，看着电脑画面里写的"喂，宇田男"几个字。喂，宇田男，她总觉得那是自己写下的话。

"这么说，你既不写书也不做任何事了？"充留问道。

宇田男不回答。

"现在你不工作吗？你没有在哪里就职，没有那样做吗？"

"我在打工哟。"宇田男得意扬扬地回答，"协警之类的。"

"做打工协警终了一生？过了三十六岁就不会被称作自由职业者了呀，是无业呀，无业！这个样子再长几岁，有点什么事要上报纸的话，会被写成'佐山宇田男，三十六岁，无业'的呀。"

"要是写'原作家'就好了哟。"或许是觉得有什么好笑的地方，宇田男一边呵呵笑着一边说。

"已经没有人还记得宇田男曾经是作家了呀。"

"是吧？"宇田男语气轻松地说完，一骨碌仰面躺倒了，"我不擅长长期性思考啊，一年比一年不擅长了。我思考的是下个月的月租呐。啊，要么去冲绳吧，还包吃包住。段田什么也不做却是有钱人哟，主妇可够赚的哟。我多想成为主妇呐。"

半点阳光也照不进来的房间由于窗帘杆上挂上了衣服而格外阴暗，开着空调却冷飕飕的。飞灰缓缓地上下浮动，远远地，不知从何处传来广告宣传的声音。耳畔又一次响起裕美子贬斥宇田男是不中用的男人、是窝囊废的声音。充留知道自己喜欢宇田男并不是从宇田男成为校园名人开始的，毕业之后过了十多年才知道这一点，让充留受到不小的打击。所以，纵使重生一次也必定——有时充留自问自答——爱上宇田男吧。即使宇田男不写小说，即使他不出名，或者即使明知道和他扯上关系会备感苦涩，二十岁时的自己也必定会爱上宇田男。猛然回过头来，充留扑倒在宇田男身上。宇田男扬了扬眉毛——大概是吃惊吧——却不为所动，任凭充留把舌头伸进他的嘴里，将运动衫掀起来。"喂，做吗？"须臾，宇田男来了一句懒洋洋的话，慢吞吞地将手伸进充留背后的毛衣里。手掌冷得像金属，那手在后背上缓缓移动的时候，充留的胳膊上唰地起满了鸡皮疙瘩。

"喂，当真做？"解开胸罩挂钩之后，宇田男依然用睡意蒙眬的声音说道。

充留觉得滑稽，微微笑了笑。

充留以前也有一次突然造访宇田男的住处，那是二十二岁临近毕业的时候。依然是按照写在纸上的门牌号走在陌生的街道上，记得那是在东中野。找到了门牌号的充留大吃一惊，纸片上写的"EXCEL东中野"是一栋比想象中气派的楼，她几乎被震慑住了，宽敞的门厅里放着一套沙发，日式庭园风格的院子在正对面的玻璃窗前铺展开来。她在自动锁止的门前按下房间号码，二十二岁的充留当时觉得心脏膨胀得仿佛要扩张到整个身体。"喂。"扬声器里响起宇田男的声音。"我是蒲生。"发出的声音完美地返了回来。

和宇田男睡过好几次，在大醉而归的路上，在旅馆或充留的宿舍里。即使如此，宇田男也没有成为充留的恋人，两个人之间的距离也没有改变。

二十二岁的充留下定决心去宇田男的公寓拜访，不是为了在醉得一塌糊涂时与他睡觉，也不是为了开玩笑似的转达好感，充留想的是在大白天里，在没有醉酒的清醒状态下转达自己的心情，那是打算于毕业前夕实施的二十二岁式的决心。

总之，那一天宇田男在家。自动锁止的大门在充留面前被静静地打开。当时，充留觉得自动锁止的大门简直就是希望，是在自己前方指引道路的希望。

然而从宇田男的公寓归来的途中，她不再那样认为了。她恨恨地回望那扇不再打开的大门，觉得自己仿佛变成了口香糖残骸，是彻底失去了滋味、被啪地啐出的口香糖。

在宇田男房间里度过的大约三个小时，后来使充留懊悔了很久。

宇田男住在电视剧中出现的那样的（在充留看来）大两房里，从七楼房间的窗户望去，新宿副都心宛如一幅画。整面墙都改成了玻璃窗，其对面的阳台看上去比充留住的公寓房间还要宽敞，客厅里几乎没放家具，地板上放着二十九英寸的电视和格外凝重的音响组合，书、唱片和CD像爬墙植物一般被堆放着。

喝了递过来的啤酒，充留说了想说的话。

"我好像爱上你了，今后一段日子必定还会爱着你。因为以前没有认真对你说起过，所以我今天过来打算认真地告诉你。"

充留从老早以前就考虑好要说什么了，再三考虑之后，她决定不说"请和我交往"或"请不要随便和别人上床"那一类会使宇田男有心理负担的话。前一天晚上，她一次又一次地在被窝里练习"我好像爱上你了……"

为了不使声音有回声，充留小心翼翼地说。由于过于小心谨慎，声音变成了威胁一样的粗嗓门。

"这样说来……"宇田男歪倒在木地板上，饶有趣味地开口说道，"就在不久前的电视里，讲滑稽故事的人教授了绝对不会被拒绝的恋爱告白，要说'我擅自喜欢你总可以的吧'？那样一来，听的一方不就无法拒绝了吗？因为又不要求他回答'yes'或'no'。确实如此啊，因为只不过说了'您请便'嘛。"

充留感觉连手指头都红了，她认为宇田男其实无所不知。她并非在搜寻不给宇田男增加心理负担的措辞，而是在搜寻不会被拒绝、不会使自己受到伤害的措辞，诚如宇田男所言。

宇田男吧嗒吧嗒地走过木地板去厨房，取来两罐新啤酒放在地板上。他敞开窗户，温润而骨子里透着寒冷的风拉拉杂杂地吹了进来。蹲下来给充留和自己的杯子里倒上啤酒之后，宇田男开口了。

"嗯，自己想这样做和想让对方这样做，似乎很相似却又截然不同。觉得肚子饿了想吃东西的话就能吃上东西，而肚子饿了想让别人给准备饭的话，过多久肚子也还是饿着，因为未必所有的人都会给做饭。"他用俨然教导小孩子似的口吻说道。

充留看着倒啤酒的宇田男，觉得自己的卑鄙被猜透了。充留觉得他真是一个居心叵测的人。

"那么抱歉了。"充留说完站起身，"我回去了。"这样说完，宇田男却说："刚刚倒上啤酒，喝完再走？"充留无法拒绝，最终还是坐下来喝啤酒，时不时听见电车的声音，她觉得仿佛在水中聆听一般。

他们把放在地板上的啤酒喝空之后，宇田男又站起来走向厨房，双手各执一罐新啤酒折回，他在充留身边蹲下，俨然说"亲一下"一般把脸凑近充留，把舌头伸了进去。他两手拿着啤酒，就那样久久地用舌头在充留口中翻搅，然后问："做吗？"被这样一问，充留不由得意识到自己强烈地想做爱。多么居心叵测的男人啊！"不做。"充留回答。"在那里做的话，会很畅快的哟。"宇田男看了一眼阳台说，"拿出垫子，赤身裸体地做。因为没有高楼大厦，所以没人看得见，会是健康透顶的气氛哟，可以说是很健康的吧？"他饶有兴趣地说完，摆好杯子倒上啤酒。

就在刚才还被宇田男说了弃之门外的话，然而现在他说的每一个字都充满魅惑地萦绕在耳畔。充留暗想，如果他再问一遍"做吗？"的话，就回答"做"，然而宇田男再也没有问相同的问题，而是躺倒在地板上骨碌碌地滚过去打开了音乐，传来的是伊基·波普[①]的。

[①] 1947年生，美国摇滚歌手，是朋克音乐的教父。

她强烈地想做爱，盘算着若再被劝一次就接受，或许以后会想象在阳台上做爱。感觉这所有的一切似乎都被他了如指掌，充留心里疙疙瘩瘩的。

"那我回去了。"倒上的啤酒还没有喝到一半，充留就站了起来，这一次宇田男没有劝阻。因为他在音响前疲疲沓沓地一动不动，充留怀疑自己并没有被注意到，于是瞥了他一眼，结果他竟睡着了。他也太没把我放在眼里了呀，充留分外冷静地理解了这一点。

充留怀着被吐掉的口香糖般的心情走出了自动锁止的大门，跑一般奔向车站。我要成为不混淆自己想这样做和想让对方这样做的大人！我要成为不请别人做饭、靠一己之力也能吃上想吃的东西的大人！并且某一天、遥远的某一天，我要成为绝对不受宇田男轻视的大人！我要成为让宇田男刮目相看的存在！走在神田川沿岸的人行道上，充留一遍又一遍地想。倘若不是这样反复地下决心，她或许会就地蹲下仰望天空哭出来。

充留认为，与那时相比，哪怕仅仅拿出一目了然的住宅问题,如今的宇田男也是落魄的,他仍旧住在学生住的那种公寓,尘埃飞扬的房间。他是一个了解自己是蛋形巧克力水平、对未来没有憧憬的男人,是一个如若包吃包住就可以若无其事地和自己不喜欢的女人去旅行的人。充留与那时一样,步履匆匆地走在夜幕降临的下北泽街上。和一对情侣撞在一起,他们不耐烦地冲着她咋舌,她也毫不在意地往前走去,悠然的烤白薯叫卖声追赶一般跟了上来。

充留打心眼里觉得宇田男没有丝毫改变。从毕业至今,尽管并不确切地知道宇田男在做什么,然而似乎无论怎样的经历和时间变迁都无法改变他,他依然是自己不可能与其建立关系的男人。"自己想这样做和想让对方这样做,似乎很相似却又截然不同",十三年前的宇田男这样说过。二十二岁的充留就此体会到某种幡然醒悟的心情,然而如今才算明白。我们所有的人都将自己想这样做和想让对方这样做混淆在一起生活着,那就是所谓的关系。宇田男无论如何都做不到这一点,他不想帮别人拿哪怕只有一克的行李,而且自己的行李内容也绝对不允许别人看到，不，是不能够，充留想。没有改变，一切都没有改变，我也没有改变。

草草穿好衣服，宇田男问："吃饭吗？""不吃。"充留条件反射般地回答。她觉得倘若如此这般和他一起去吃晚饭的话，就再也回不去了，她会再一次回到这里，再一次在榻榻米上做爱，到了早晨去吃早饭，回来之后周而复始。似乎会永远继续下去，自己似乎希望永远继续下去。

"离这里不远的地方有家很不错的居酒屋，那里有Hoppy①也有魔王②，丝背细鳞鲀生鱼片妙不可言呐。有点小贵，还想让你请客呢。"宇田男笑着说。充留俨然有种似曾相识的感觉，宇田男的每一句话都如同那时被他问"做吗？"时一样充满魅惑地萦绕在耳畔。于是充留想，如果待会儿他再邀请自己一回的话，就干脆去喝酒，像二十二岁时那样。宇田男依然和那时一样没有再度相邀，也没有挽留要回去的充留。

---

① 一种含酒精的清凉饮料。
② 一个烧酒品牌。

关上玄关又薄又轻的门，走在比方才更加昏暗的过道上，充留理解了。

自己迄今为止的目标是什么？没有兴趣却执拗地写专栏，按照要求散布毒舌，买二手公寓并提前还贷，决心一本正经地写纪实文学，甚至考虑在海边买别墅。她曾经以为那是想让正道、裕美子或曾经的同学们看到那样做的自己。不是那样的，不是想让他们看到，而仅仅是想让宇田男一个人看到而已。借用裕美子的话说，就是自己一直仅仅想让宇田男看到一个成功的自己、一个认真埋头于某项工作的自己、一个成为堂堂正正的大人的自己。过去为了不哭出来而沿着神田川行进和如今走在下北泽的街道上没有丝毫的变化。自己从那时就一直祈愿成为不被宇田男轻视的大人，并且如今也同样强烈地祈愿着。充留察觉到了这一点。哪怕获得诺贝尔奖，哪怕成为亿万富翁，哪怕去太空旅行，哪怕成为第一位女首相，自己也必定会抱着同样的想法吧——希望成为不被宇田男轻视的大人。

"你身体的某一部分还保持着学生时代的模样。"突然记起了重春的话,充留在原地停步不前,走在身后的年轻女子嫌麻烦似的超过她走远了。道路两边林立的店铺招牌点起了灯。抬起头,头顶上的天空已经变成了藏青色,图钉一样的星星放出微弱的光芒。

我何时才能成为大人呢?充留一边缓缓地迈出脚步一边想。

看见车站了。年轻人依然成群结队地聚在不喷水的喷泉前。充留取出手机,一边从通讯录里找出号码拨号,一边从他们前面走了过去。

重春嗯嗯啊啊地接起电话。

"我这就回去,找个地方吃饭?"

"嗯,好的。现在在哪里?"

"下北。我这就去坐车,等到了附近我再打电话,不要煮意大利面了。"

重春说了什么,可是被嘈杂声湮没了。"啊?什么?"充留用手遮住一侧耳朵,将另一侧耳朵贴近手机。

"我说,今天是你的生日吧?去新宿吧?"

重春这么一说,充留记起来今天确实是自己的生日。

竟然忘得一干二净，不，实际上潜意识里是知道的吧，选择今天作为拜访宇田男公寓的日子就是因为这个吧。

"吃点什么奢侈的东西？我今天有钱。"

重春似乎觉得她听不到，吼一般地说。

"是吗？好吧。"

好不容易走到检票口台阶的充留避难一般转移到角落，一边将目光扫向上下台阶的行人一边说："结婚吧，我们？"说完之后充留大吃一惊。哎呀，我呀，是以为通过那样的事就可以成为大人啊，她想。

"可以吗？"重春将句子末尾奇怪地拉长，"复杂的事情过会儿再说，到了新宿我给你打电话。"说完便匆匆挂了电话。

充留凝视着通话结束后的手机几秒钟，开始顺着台阶往上走。快到检票口时，她对自己说过的话产生了怀疑。自己可是说了"结婚吧"这样的话呀，重春会当真吗？我们会结婚吗？

怀疑归怀疑，另一方面，充留十分清楚自己说那话时的心情。她隐约觉得必须赶紧走出来，这是今天注定要做的，她不能永远待在这里，不能永远待在二十二岁的地方。她并不想结什么婚，和几乎无业的重春结婚，她丝毫不认为会有什么美好的未来，然而充留觉得如若不这般开始做一件以前从未做过的事情以及从未希望做的事情的话，自己将很难从现在所处的地方走出来。

自己就是基于那样的原因才要结婚的吧。充留随着人群穿过检票口，下到月台上。那样一来，似乎在利用重春啊。电车滑行过来，充留和其他乘客一起上了车，车里很挤，暖气足得能感觉到热气。总觉得重春没准儿会明白这一点，并加以拒绝，不过，如果不拒绝的话呢？电车开始行驶，充留伸出手抓住吊环。如果不拒绝的话，话题必定会进行下去吧。梦想啦，期待啦，与这一类东西截然不同，总之，事情是以消极的理由拉开帷幕的吧。

如此一来，将来有一天，我或许会像麻美那样与宇田男重逢，被对于宇田男来说毫无意义的话在背后推动着突然离家出走吧。

不可能的，充留慌忙打消这种念头，不可能的，自己不就是为了不至于变成那个样子才要从这里走出去的吗?

从乘客的缝隙里看到窗外天空的藏青色渐渐浓重,远远地看得见新宿副都心了,像光塔一样的建筑群。当它们与从宇田男曾经的公寓中望见的建筑群交叠在一起的时候,挎包里的手机发出了短促的响声。单手取出来打开翻盖,是重春发来的短信。

"也许可以的,结婚。"

文字仅有这些。充留慌忙合上翻盖,仿佛看到了不能看的东西。她手握手机凝望着渐渐逼近的新宿建筑群。

三月的回想

裕美子透过陈列架的间隙偷偷打量着矢部隆一。试听角里，矢部隆一站在那里戴着耳麦望着半空中。裕美子判断，身穿粗羊毛大衣和牛仔裤的隆一虽没有帅到令女孩子回头的程度，但也并不难看，颇说得过去。她想象了一下和这位颇说得过去的隆一拥吻，想象着脱了衣服和他相拥。没想到竟然想象得很成功，她不禁觉得那也许会出人意料地简单。好吧，也许没关系的。裕美子在CD店柱子的阴影里独自点头的时候，隆一仿佛受到召唤一般转过了头，目光碰到一起时，隆一咧了咧嘴笑笑，裕美子也做出一张生硬的笑脸。隆一用动作示意马上就好，裕美子轻轻点点头，从邻近的架子上抽出一张CD，装作在看的样子。

隆一是她第二次约会的男人，在编辑出版公司工作，二十九岁。噢，他说上星期够三十岁了。

因为裕美子对下一次的约会一味报以模棱两可的态

度，他和其他男人一样有段日子没再联系。然而上个月，和裕美子同在进口商品杂货店打工的波田智子告诉她隆一想见见她。遇见隆一的联谊会就是智子筹划的，好像从前与她一起打工的伙伴在编辑出版公司就职，那是以她们二人为中心策划的联谊会。

听说隆一想见自己的两天后，裕美子从手机里找出他的电话号码，横下心来试着联系了一次。若说为何要与完全无法想象下一次的下一次的下一次的男人联系，尽管裕美子自己不想承认，但只能说是受到了充留关于结婚话题的影响。

在二月末的时候，她接到了充留的电话，电话里说她好像要结婚了。裕美子说："恭喜你，这不是挺好的吗？"而充留却用沉郁的声音说还指不定是不是喜事呢。裕美子觉得可能是她难为情，却又觉得不像那么回事。"莫非是结婚忧郁症？"她调侃道。"不是那回事。"充留依旧用沉郁的声音答道。

挂上电话之后,裕美子边喝葡萄酒边重放租来的DVD,可是她并没有看播放的电影,而是在考虑充留沉郁的声音的原因。莫不是和宇田男或麻美有关?或者和那个沉默寡言的恋人之间发生了什么?虽然她思索着这些事情,可是醒过神来时,思考的内容又变成了她自己。

充留什么时候说过,再过两年就不会有人来邀请她去参加联谊会了,虽然裕美子觉得倒也无所谓,可是她已经开始厌倦这些事情了——和初次见面的人进行无关痛痒的交谈,像碳酸气泡一样冒出来却转瞬就走了味道的笑,约会的邀请以及不能形成一物的关系。让人请吃饭和让人给开车门之类的事情,她最初觉得新鲜,可是循环往复之中,她似乎觉得荒唐起来,不是说他们,而是因那种事情而激动得心怦怦乱跳的自己,其实那种事情根本就无足轻重。

自己难道就要这样下去吗?裕美子慵懒地歪倒在沙发上盯着画面想。自己难道就这样无法和任何人建立关系地活到四十岁、五十岁,然后一个人死去吗?自己难道要永远处于泽井正道前妻的位置吗？想到这些事情，她心烦意乱地担忧起来，确切地说，她也不知道那种心烦意乱的心情是担忧还是焦躁。

盯着剧终字幕的裕美子腾地坐起来打开手机翻盖。喝了差不多一瓶葡萄酒，裕美子醉得恰到好处。"他想见见坂下你呢。"她一边回想着智子的话，一边找到矢部的名字。她感觉要打电话只有这会儿了，如果酒醒了就不会涌出这样的勇气了，于是她拨了电话。为自己打开车门的"三十一岁"也好，邀自己去迪士尼乐园的"二十五岁"也好，或者只记下了姓氏和号码的其他男子也好，都无所谓，然而想见自己的只有矢部隆一。尽管只有这样一个理由，但在听到呼叫音时她的心跳加速，简直和第一次给泽井正道打电话的二十岁的自己如出一辙。

"抱歉抱歉，让你久等了。"

手里拿着CD店黄色袋子的隆一回到了裕美子旁边。

"接下来怎么办？"

将那张仅仅为了打发时间而看的CD放回架子，裕美子冲着隆一笑道。隆一瞟了一眼手表，边向出口走边说：

"有点早，吃点饭？有家很好吃的鸡肉店。坂下小姐，吃鸡肉不介意吧？"

"不介意不介意，一点儿也不介意。"自己的回答声带着愉快的尾韵传到了耳朵里。

乘上自动扶梯的隆一扯开袋子看刚买的CD。裕美子站在后面一阶，伸着脖子往他手里张望，三张CD无一不是令人毛骨悚然的外包装，戴着白口罩的男人手拿血淋淋的刀子站在那里，或者是一具骷髅在狰狞地笑着开车。隆一确认一般看了看CD，匆匆把它收回到袋子里。

隆一说的"好吃的鸡肉店"离代代木不远。裕美子本以为是家烤鸡店，没想到却是一家现代风格的漂亮店面，菜单上罗列着焖鸡肉、拌鸡皮、鸡肉米饭以及比烤鸡多少费点工序的菜名。

吧台上摆着拼盘小菜，啤酒换成了日本酒。等醒过神来，裕美子发现自己正对着仅仅知道名字、职业和年龄的男人详细讲述麻美失踪的始末。

"一个月前突然失踪的麻美依然没有回到老公正在等待的家中，可是就在前些时候，她好像寄来了离婚申请。

因为麻美和她老公都没有和我们联系,我担心会发生什么事,就给她老公打了电话,而他却用惯常的、平板的声音说:'她从冲绳给我寄来了离婚申请。'问他麻美在哪里,怎么样了,发生什么事了,他也只是说:'联系着,不须担心。'此外一无所知。"

她从头开始讲那件事,坐在旁边的隆一感慨地说:"这种小说一样的事情竟然当真有啊。"

"不是那样子的,不是有小说一样的事情,而是她想做小说一样的事情。我觉得她正在做那样的事情。你以为麻美是因为无望的爱情才发生那样的事吧?不是那么回事的,不是那么回事的,她只是被一个混蛋男人给诱骗了。"自己究竟在拼命说什么?裕美子脑袋的一隅一边思忖一边说。

"被诱骗?怎么一回事?倒是个令人怀念的词。"隆一笑道。

裕美子愈发认真地继续说起来。"是这么回事,被诱骗的主体是麻美,那个糟糕的男人倒也并没有打算诱骗她,不过是有了几次肉体关系而已,可是女的希望被诱骗而蠢蠢欲动，觉得自己被诱骗了。假如把平常的过日子看成'这里'吧。"裕美子把手掌搁在吧台上给他看，"喜欢啦，讨厌啦，这类事情很普通，经常发生的吧？你所说的小说一般的恋情就算有，那也是在'这里'、在生活中发生的，然而和这里是两码事，她把这里当成一个梦一样的世界了嘛。"裕美子把另一只手举到眼睛的高度看着隆一。"把自己想象成演员的时候，就会在想象中描绘这个世界吧，所以麻美如今置身的就是这样一个梦一样的世界。因此她所说的、所做的好像全部是这样没有现实感的吧。我觉得就算提出离婚，麻美所说的离婚所指的也和我做过的完全是两码事呀。"

虽然一直在讲，可实际上连她自己都弄不很清楚自己想说什么了，裕美子姑且继续说。

"哎？你离过婚？"

隆一瞪圆眼睛看着裕美子，话似乎被打断了，裕美子很恼火。想到尽管自己拼命地解说，坐在旁边的男人却连一毫米都不能理解'麻美式'和'宇田男式'，她泄气了。

"不是，我不会对那事说长道短的。"

隆一慌忙对突然陷入沉默的裕美子说道，还给裕美子空了的酒杯倒满酒。裕美子啜着酒，绝口不再提麻美和宇田男。不谈他们，却没有其他任何想谈的事情，所以她只是默默地喝酒，吃开始变冷的菜。隆一注意到突然沉默下来的裕美子，继续快活地说话，他讲的是初中时的事情。他说初中时流行在电车上或上学路上朝素不相识的人的背后吐唾沫的所谓"试胆量游戏"，只有自己运气不好，被一个中年的公司职员逮住，扭送到了警察那里。讲这些事情的隆一笑得前仰后合，裕美子也跟着一起笑，却对他为何对初中的事记得那么清楚感到不可思议。

账是隆一结的。

"下次我请客。"裕美子一边想究竟还有没有下一次一边说。

"我当真一点都不介意你结过婚什么的。"

一边走夜路去车站，隆一一边小声说。

"哎？"裕美子停下脚步，不明白他对自己说的是什么,"噢,噢——谢谢。"记起刚才的话题,她慌忙答道。听到这话,隆一饶有趣味地笑了。他一边笑一边很自然地握住了裕美子的手。

裕美子和波田智子并排站在收银台里侧,从放在脚边上的瓦楞纸盒里依次取出小巧的玻璃杯擦拭。因为要用卷上纸巾的竹签把细小的切割面的边边角角擦拭到,所以尽管玻璃杯很小,却很费时间。店长公枝说那是旧巴卡拉①,要小心对待,然而对裕美子来说,旧的、新的、巴卡拉和超市特卖品并没有区别。她本来也不是学习的姿态,人家对她说仔细点擦,她就用心对待,什么都不说就不怎么费心思。不过,看着分量不轻的玻璃杯渐渐变得晶莹剔透,心情不错。擦好的玻璃杯被郑重其事地包上店里的薄纸放回箱子里。

"坂下,你今天的香味真好闻。"智子边擦玻璃杯边说,"怎么样?进展顺利?"

---

① 法国著名水晶工艺品器皿制造商。

裕美子停下手，呵呵笑着回答说还好，抬起头看店里的钟。店里的墙上挂着好几个挂钟，可是跑得准的只有安在进出口上面的一个。五点十五分了，还有四十五分钟，裕美子想。

走进来一个穿着镶花边衣服的中年女人，她在不算大的店里仔细端详了一圈之后什么也没买，只是点了点头就走了出去。一个扎着马尾辫的女孩儿走进来买了一个西班牙的描画盘子。过了五点半，晚班打工的金泽真知到了，带来了鲷鱼形状的豆沙点心，说是带回的土特产。裕美子和智子约莫着没有客人的空当里，一股脑塞进了嘴巴。六点五分时，裕美子和两个人打了个招呼后，把自己关进了洗手间里，张大嘴巴仔细检查红豆馅有没有沾在牙齿上。"坂下说要去约会。""多好呀！你还得帮我筹划联谊会哟。"智子和真知的交谈声传了过来。扑上粉、重新涂了口红之后，裕美子走出洗手间，冲着收银台里的二人招呼道："辛苦了。"

"辛苦了。"两个人齐声道。冲着二人挥挥手，裕美子快步走向暗下来的门外。

见面地点在新宿的居酒屋。她觉得反正要吃饭,干脆吃点好的算了,所以提议去大久保的泰国料理店或代代木的意大利餐馆,可是他们对她说"又不是为了吃饭"。她对他擅自决定的连锁加盟居酒屋没有意见。的确,美食不适合即将进行的谈话。

正道和麻美要来居酒屋。

应该身在冲绳的麻美给正道发来短信是在四天前的星期二。短信上写着她已回到东京,打算离婚,正一边住在星期公寓里,一边找住处等等。正道看了之后,慌忙联系了裕美子。正道说短信里就写了这些,建议还是见面听她谈谈为好,决定三个人碰个头。

裕美子觉得麻美要不要离婚似乎已经无所谓了,可是她尊重提出"见面听她谈谈为好"的正道的或可称作是公平或可称作是诚实的这种品质。

在位于多功能楼五层的居酒屋入口处,裕美子向戴着内置式耳机的店员报上正道的名字后,被带着走过微暗的走廊来到单间。"到了。"店员告诉她。打开门,正道独自坐在里面。

心里一惊。

"麻美还没来啊?"

裕美子似乎没有意识到自己心里一惊似的,故意用生硬的语气说。说完,她匆匆脱下大衣坐到正道对面,打开菜单。

"我觉得快了,喝啤酒吧?"

"好啊,把菜也点了吧?"

裕美子并不看正道,摁了下桌子角上烟灰缸模样的圆按钮。店员走了过来,正道点了菜。

看着正道时,裕美子松了口气,松了口气的自己又使她心里一惊。

走出鸡肉店之后,隆一顺理成章地邀裕美子到自己的住处。裕美子也没有拒绝。隆一住的公寓在笹冢,紧挨着高速公路。在隆一的房间里喝啤酒、吃乳酪、听嘈杂的音乐,然后隆一果然动作自然地抱住裕美子时,按说应该有充分的心理准备了,可是她啊地发出不自然的叫声,身体从隆一的双臂中钻了出来。"不行,忘了喂猫了。"裕美子愕然地听着自己说出那样的话,"我没有想到会这么晚，忘了给猫放猫粮了，那小家伙肚子一饿就叫得很恐怖，打搅四邻。我必须回去。"她边说边套上大衣，穿上鞋子。"对不住，对不住了。下次，下次再来。"那样寒暄完，她使劲低头行了个礼。"送你到车站吧？"隆一依然神态自若地那样说道，可是裕美子连这个也推辞掉，跑下了楼梯。

打开并没有猫的自家大门，裕美子长长地舒了口气。赶回来了，她想，灰溜溜地逃回来了。为什么要逃回来呢？预料到可能会发生这种事情，穿着崭新的内衣，准备得万无一失。自己的举动莫名其妙，不可理喻。

那次之后，隆一再没有联系过她。为什么要逃回来呢？直到今天，她都一直在责备自己。在见到正道的一刻，裕美子理解了那天夜里不可思议的行为，是因为害怕，害怕与陌生男子赤身裸体地拥抱在一起。

"干杯。这样说有点滑稽。"

"不过，姑且这样吧。"

说完没有什么意义的话，裕美子拿酒杯碰了下正道的啤酒杯，喝了口啤酒。

"对了,你听说了吧?充留要结婚了。"

"啊?终于要付诸行动了?那个……"

"对,那个……"裕美子说着,笑得前仰后合,"和那个,你瞧,我们根本记不住名字的男孩子。"

"啊?她在我们离婚时可是说过结婚毫无意义的呀。"

"发生什么让她改变主意的事了,我琢磨着似乎和这回的事情有关系。"

"这回的事情?"

"宇田男和麻美的事啦,或者麻美的失踪啦。"

"什么关系?"

"还没了解到那个程度。"

拉门打开了,裕美子回头一看,进来的不是麻美,而是上菜的店员,他把春卷、骰子烤肉①、智利辣酱油爆虾和水饺摆到了桌上。

"怎么会是这么没有操守的食谱?而且个个都油腻腻的。"店员离开后裕美子说道。

---

① 切成骰子形状的烤肉。

她记起了正道的恋人净做素食，她为自己为何知道这样的事情感到不可思议。听谁说的呢？是充留还是正道本人呢？记不起来了。

"算了，也罢。"裕美子说完开始吃菜，"不过麻美可够晚的呢。"

隔壁房间传来阵阵笑声。正道看一眼手表，掰开方便筷。

"好吃吗?"他边问边伸出筷子。

"这样一家店怎么可能好吃?"

"你嘴上这么说，吃得却挺多的。"

"肚子饿了。"裕美子说了一半便闭口不语，她对这进展顺利的会话产生了戒备之心。她告诉自己不可以掉以轻心，对这个男人不可掉以轻心，因为这只会让她愈加害怕别的男人。"不过，麻美来了到底该如何开口呢?"她试着换个话题。

"'哎呀，你最好重新考虑一下。'我打算这样说。别人夫妻间的事我不很清楚，可这回的事，怎么说呢，是那么回事吧，是和宇田男扯到一起了吧。我觉得段田好像有点浮躁了，或者有点不切实际了。无论如何都想离婚的话，那就是铁定了想离婚。可是我觉得如果要离婚的话，最好先将宇田男跟这件事分开考虑为好。"正道边思索边说。

裕美子盯着用筷子怎么都夹不住滑溜溜的水饺的正道的手，听他说话。

"可是，说让她把离婚这件事和宇田男分开，麻美就会领会我们的意思说'好啊，我明白了'吗？"

"或许不会，不过总比说声'是吗？'袖手旁观强吧？听充留说，宇田男将麻美勾上手是在咱俩的离婚派对上吧。怎么说呢，是觉得我们有责任吧。"

"责任啊。"

正道总算夹住水饺送进了嘴里。裕美子将目光从他的手上移开，吃了只甜得过了头的虾。

"我觉得她是'拖泥带水综合征'。"裕美子说完，正道抬起头来。

裕美子又开始说道："充留说觉得她仿佛在贪婪地挽回青春，我觉得那确实没错儿。麻美朴素不显眼的吧？

而且很快就结婚了。我觉得她似乎想像这样谈一场在电视中见过的恋爱。而宇田男是'辉煌往昔综合征',我觉得他希望回到受人追捧的时代。结果,宇田男眼里没有麻美,而且我觉得麻美也并非当真爱上了宇田男,这只不过是两个人脱离现实的愿望恰好不谋而合而已。"

裕美子看向正道,希望征得他的同意。正道微微张着嘴盯着裕美子。一瞬间裕美子摆好了架势,以为自己对宇田男和麻美的评价太低,他又要寻衅吵架,然而正道只是以认真的口吻问:"'拖泥带水综合征''辉煌往昔综合征'之类的词存在吗?"

"没有,我发明的。"

"弄了半天是你发明的。"

正道钦佩地点点头,裕美子笑出了声。正道也笑了:"你发明的啊?"

"所以是这样啊。你该脱口而出说我是'牵强附会综合征'了吧?"

"哪里?我在感慨你说得巧妙呢。怎么说呢,段田的确有表演的成分哟。不过,估计这话无法对她本人说,所以还得想办法说得巧妙点,好让她面对现实。"

"可是,如果是'拖泥带水综合征'的话,表演也好,模仿电视剧也罢,她不把没做完的事情痛痛快快做上一通或许是不会算完的。"

裕美子一边说,一边再一次感到惴惴不安。麻烦了,谈话进行得如此一帆风顺可麻烦了。自己的话被他过于正确地予以理解,心里渴望的答复被准确无误地予以回答,这可麻烦了。因为跟别的男人谈话时会一一进行比较的,因为无法再次恋爱了,因为不得不认真地为孤独地死去而担忧了。

"说起来,我是'高脂综合征'啊。"正道小声说道。

"那是什么?"

"我一反常态地一味渴望吃油腻食物,到了中年发福的介入点了啊。"

"那我……"她想说"为往昔折磨综合征",话到嘴边又改口道,"我特别健康呢。"她不能告诉正道自己去参加联谊会,约会,甚至穿上漂亮内衣去了对方房间,然后逃了回来。

正道笑了，裕美子也笑了。正道看看表，裕美子也顺带着看时间，约好的时间过去了近三十分钟，麻美依然没有露面。

"不会爽约了吧？"

"打她手机看看？"

"嗯，是啊。"正道嘴上说着，却并没有从包里拿出手机的意思，"喝日本酒，还是烧酒？"他边说边把大张的菜单摊开放在裕美子面前。

裕美子反复回味刚刚说过的"想挽回青春"的话，不仅仅是麻美，自己不是也想得到二十岁时没有得到的东西吗？不也对迪士尼乐园和开车兜风感到欢欣鼓舞吗？

追求曾经无法如愿以偿弄到手的东西，然而将要到手之时又逃之夭夭。麻美会怎么样呢？和宇田男约会后决定离婚，她真的会心满意足吗？她会不会身处某地时想逃之夭夭呢？会不会逃之夭夭之后又想回到熟悉的地方呢？是不是所有的人都只能以自己的方式存在呢？是不是曾经无法得到的东西将永远无法得到，得到的东西则永远属于自己，是不是只能是这个样子呢？裕美子想问麻美这些问题,当然不是在这里,而是在没有正道的地方。

正道向前来招呼点菜的店员要了一瓶烧酒,什么都没问裕美子就要了开水和腌梅子。烧酒加上梅子兑上开水,日本酒喝八海山[①],威士忌要加冰块威士忌,这是两个人一起生活时的习惯,是他们两个人建立的默契。

"怎么样?有没有交上恋人或喜欢的男人?"

正道一边给裕美子的酒兑开水一边问。刹那间,裕美子想,他什么意思?她对这样的自己产生了厌恶感,可是与十几岁时揣摩正道无心之言里的弦外之音相比,现在的自己也太没长进了,即便她晓得再怎么反复揣摩正道的话也没什么意义,因为已经没有了恋情。

"你怎么样了啊?和那个闷闷不乐的女朋友进展顺利吗?"

裕美子反戈一击,正道苦笑着说:"我觉得我或许已经不能再和别人交往了。"

---

① 一种日本酒的品牌,产于日本新潟县。

"怎么？分手了？"

问完之后，裕美子察觉到自己心里希望他们分手。隔壁的单间里又掀起一阵欢声笑语。

"没有，没分手，可怎么说呢……"正道望着空中搜寻着语言，却突然迎着裕美子的目光感慨万分地说，"是啊，你说过的吧？说我像过家家似的，一旦产生了责任就会翻脸逃走。那时我觉得你说话刻薄，可如今我认为确实如此啊。你太了解我了哟，我觉得你比我自己更了解我。"

裕美子知道自己脸红了，她茫然地将兑了开水的酒杯贴到面颊上。两个人最后对饮时自己抛向正道的每一句话她都记得，却佯作不知地说："我说过那么刻薄的话吗？不过，就是因为那个女孩子我们才分开的，所以你们还是不要草率分手哦，否则我们的离婚岂不是成了徒劳？"

"原因在于她吗？"

裕美子看着正道，她想自己现在或许是一副要哭出来的表情，然而她不晓得该如何遮掩，只是直愣愣地看着正道。

"这个我也搞不明白。"裕美子说。

正道神情莫测地看着裕美子。

我去过迪士尼乐园了呀。裕美子在心里悄悄对正道说。喂,知道吗?单单在小酒馆喝完酒之后直奔公寓算不得约会呀。驾车兜风、手牵手地漫步、在富有情调的餐馆里吃饭、一直送到车站,世上有这样的约会呀。和一个人交往之后对别的女孩子目不旁视是常识呀。能将这些事做得很漂亮的男人这世上有很多的呀。为什么我偏偏看上了你?

于是,裕美子暗自吃惊。历练出今日的自己的正是坐在眼前的这个男人,她为此感到吃惊。如果扯到一起的不是他,或许如今的自己会在一个完全不同的地方吧。让自己变成今天这个自己的,不是父母,不是朋友,不是学校,而是这个男人。

"还是给麻美打个电话为好吧?"

裕美子费了半天劲才开口说道。她似乎盼着麻美不要来了,她为此感到恐惧。

"是啊,打打看吧。"

正道拽过包,拿出手机,拨完号将手机贴在耳朵上,隐约听得见手机里呼叫的声音。裕美子凝视着握着手机的正道的手指,聚精会神地倾听着那微弱的声音。

四月的回家

麻美打开大门，把钥匙挂在门把手上，握着门把手抬头看自家房子。这是一处狭长的二层楼房，浅咖色的外墙，玄关正上方有窗户。附近这一带排列着建筑格局相同的房子，只有外墙和屋顶有出入。这处以销售为目的开发的房产是在五年前买下的，房贷还剩二十五年。

打开房门走进去，房间里散发出令人敬而远之的气味，是发霉与生锈的混合气味，莫名地让人觉得不快。房间里寂然无声。麻美脱下鞋走进去，沿着走廊走，右边是智用作书房的房间，隔壁是和室，左边是衣帽间和浴室。麻美径直走过房门紧闭的房间，登上尽头处的楼梯，冰冷的地板贴着脚掌。二楼右侧是卧室，左侧是厨房、起居室和餐厅。

厨房、起居室和餐厅都被收拾得井井有条，比麻美在时更加整洁。她漫无目的地走进厨房，没有看到平时总放在煤气灶上的水壶，每次用完都搭在水盆处的洗碗布也不见了踪影。打开冰箱，里面除了有熟悉的调味品之外还放着咸墨鱼和不必冷藏的快食面。

麻美莫名觉得这里像别人的家，虽然像别人的家，可每个角落都让她心生爱怜。她摩挲着厨房台面，摩挲着水龙头，抚摸着煤气灶的开关，站在厨房与起居室的隔断处凝望着房屋，和智并排坐着一边吃饭一边看电视的情景竟像小学生时的记忆一般淡薄了。

麻美抚摸过厨房的种种物品之后走向卧室。敞开门，一股暖烘烘的气息扑面而来，麻美想，这是睡觉的味道，智睡觉的味道充斥着整个房间。床上整整齐齐，窗帘拉得密不透风。麻美拉开窗帘打开窗，然后躺在床上，望着搬到这里时买的梳妆台，镜子里照着自己。

当真能从这里走出去吗？麻美问镜子里一动不动地盯着她看的自己。无处可去，自己还能走出去吗？

已经有三个月没有躺在自己的床上了。今年过年，麻美和智一起回了趟智的父母家。婚后每年轮流拜访双方父母已经成了习惯，去年去麻美娘家，前年去智的父母家。智的父母家在川崎，过新年的那天晚上，亲戚们来了个大聚会，智的弟弟、智的叔伯婶母及他们的儿子女儿，总共十二个人。智的弟弟和堂兄妹们都带来了婴儿或小孩，热闹非凡。他们一如既往地被追问怎么还没有小孩，两人一如既往笑容可掬地回答。模仿着智那样笑容可掬地置若罔闻时，麻美突然间、当真是突然间厌倦了这一切。所谓的这一切就是眼前这些将自己包裹于其中的情景——智和智的家人、川崎的父母家和置身其中的自己、热闹的电视和孩子的哭声以及摆上饭菜后不到三十分钟就被吃得一片狼藉的饭桌。以前不过是天马行空地进行想象的失踪，那时却突然间带上了现实的味道浮现在脑海里。

住了一晚回到自己家里，智的公司五号开始上班，又循环往复地开始了寡淡无味的日子，然而元旦晚上袭向麻美的"厌倦了一切"的心情丝毫未被平息。每天送智上班后，麻美都等到九点钟去图书馆，坐在沙发上找来旅行指南和时刻表等书来读，排队借电脑反复检索，到新潟或到青森或到长崎应该在什么地方怎么换车，单程要多少钱，住宿住什么地方多少钱。查着这些，她不禁觉得离家出走到什么地方是可以实现的事情。从图书馆回来的路上，麻美为如此搜寻出目的地的自己那种悠然和谨慎苦笑了。

四年前，因为对自己没有任何怀孕征兆感到奇怪，所以麻美决定去看妇科，医生说出了一个仿佛经书里的一部分一样的名字——多囊卵巢综合征。她持续服药一年也不见效果，期间胖了近十斤。换成其他疗法，接受肌肉注射，结果却又因为刺激过度引起了卵巢肿大，造成腹积水住进了医院，总算没有酿成重病得以出院。虽然医生告诉她还有其他办法，可是麻美已经没有气力再接受挑战了。智自然知晓这些来龙去脉，如果赶上周末，他便陪同去医院；住院的话，他则上班迟到早退地照顾她。

卵巢肿大消退出院后，麻美说不想再治疗了，智也予以理解。尽管并没有经过商讨或相互抚慰，双方却在那之后闭口不提孩子一事。虽然那之后彼此很少亲近，可是麻美一直以为因为有了痛苦的经历，所以他们的距离缩近，变得彼此体谅了。

然而元旦在川崎家里，麻美蓦然发现自己在接受治疗期间，智始终在袖手旁观。不孕的原因不在自己而在妻子，那样的妻子在按照她自己的希望治疗，他就这样认为而袖手旁观。哪怕因为药物影响变得肥胖，哪怕对他诉说肌肉注射时令人难以置信的疼痛，智都一言不发，他只是垂下眼帘，仿佛想说"可是你不是希望这样的吗""难受的话就算了吧"，或者"加把劲克服一下要上孩子吧"。麻美心想，哪怕他肯对自己说其中的任何一句话，自己都应该会下定决心。如果他对自己说"加把劲"的话，就算人工授精，自己或许都会努力治疗；而如果他说"算了吧，放弃要孩子吧"的话，自己或许就能彻底放弃，从这一问题中解脱出来。然而，智什么都没说。

今后怎么办？对口口声声把孩子挂在嘴上的父母怎么交代？智没有任何建议，他仅仅是接受了出院的麻美而已，并如此过了两年，所以当父母提起要孩子的话题时，两个人也就只能笑嘻嘻地敷衍了。放弃治疗的麻美至今都有一种罪恶感，这种罪恶感类似家人给自己交了一大笔上课费而自己却放弃了学钢琴。

随着时间的推移，麻美觉得元旦那天在川崎家中对所有的一切都感到厌烦的最大原因就在于此。如此一来，她越发无法原谅智了。自己为何会误以为距离缩近了呢？智仅仅是袖手旁观而已，而自己为何竟将漠不关心误认为成温柔体贴了呢？她不禁觉得难以和智共同生活有了正当的理由，而那种情绪在频频去图书馆的日子里非但没有淡弱，反倒一味地增强了。

一月中旬时，麻美和宇田男见了一面。圣诞节没能见着面，之后也一直未能顺利取得联系，发了好几次短信说想见见，这才总算得以见面。那天，宇田男不大开口说话，在麻美看来他似乎情绪不佳，两人既没有去情人旅馆，也没有去逛街。当麻美问"去什么地方"时，约会迟到了二十分钟才来的宇田男径直走向居酒屋。在这处角落里放着电视、里面净是些喝得东倒西歪的中年男人的居酒屋里，麻美果敢地将自己的计划和盘托出。

她打算离家出走,认真考虑一下现在的自己,而一旦考虑成熟,将不再回来,会找个地方生活。宇田男听完后,撒娇似的笑了,嘀咕道:"你想出了个了不起的主意哟。"

"不一起去吗?"麻美使劲鼓起勇气说道,"你不是说要和我永远在一起的吗?不想陪我出去旅行几天散散心吗?"然而宇田男并不接茬,只是笑嘻嘻地说:"那样的事情你办不到的吧?"麻美也并未反驳。宇田男心思不在这里,他似乎有心事,进了居酒屋还不到一小时就说"我想起来有点事",然后起身离开了。

结过账走出居酒屋,一个人走向车站的麻美却感觉兴奋不已。她坚信宇田男不是在蔑视自己,而是在鼓励自己。宇田男必定以为倘若不那样冷冷地说几句,我就无法从这里走出来,如果他知道我是认真的,就一定会来见我的吧。如此一想,宇田男那句"你想出了个了不起的主意哟"就被转换成了感叹的话语,萦绕在了她的心头。

于是第二个星期的一月二十三日,麻美像往常一样送走智后走出家门。她关上门走了几步,回头望去,觉得或许再也不会回来了。

然而，如今麻美躺在曾经以为或许再也不会回来的家中卧室里。离家的三个月里，尽管每天夜里都躺在什么地方睡觉，她却毫无理由地觉得很久没有躺下睡觉了，睡意旋即像厚重的布料一样袭来。麻美半睁半闭着眼睛看床头的钟，看清楚才刚过中午之后便闭上了眼睛。睡上一两个小时也不要紧的吧，智回来得八点以后，稍微睡一会儿再收拾行李，六点多离开这里。麻美一边找借口似的盘算着，一边坠入缠裹着布料一般的睡眠中。

睁开眼睛时，麻美已经彻底搞不清自己置身何处了，房间昏暗，窗帘缝隙处有细碎的白光透进来落在床上。她坐起来环顾四周，发觉身边有个人影，她不由得叫了起来，然而从嘴里发出来的仅仅是"有……"这样一声痉挛的气息。人影翻过身，睁开眼睛看着麻美说："你回来了？"从窗帘缝隙处透进来的街灯灯光把眼睛和鼻子周围照得格外白，麻美终于想起来这里是自己的家，睡在身边的是老公智。

说了句"你回来了?"的智就地翻了个身,背对着麻美盖上被子,传来睡着了的鼾声。麻美赶忙翻身下床,蹑手蹑脚地转动门把手走出卧室。

麻美打开灯走进厨房。智可能吃过晚饭了,收拾得干干净净。移步客厅打开灯,她茫然地坐在沙发上,茶几上面放着叠起来的晚报。窗帘拉得严丝合缝,屋子里盛满了夜的寂静。

本打算睡上一两个小时,却好像睡了近十个小时,时钟指向十一点半。丈夫估计跟以往一样回到家里,发现了玄关处的鞋和睡在卧室里的妻子,然后吃东西、洗澡、读晚报、看电视,然后和衣钻到睡着了的妻子身边。他既不唤醒三个月没有回家的妻子,也不盘问单方面寄来离婚申请的妻子。"你回来了?",麻美想起了智的声音,仿佛昨天还这样问候般自然的声音。

麻美觉得,想必智一定连想都没有想过自己这三个月都想了些什么,他想将妻子的离家和离婚申请一笔勾销。她气愤不已,既为昏昏沉沉睡个不醒的自己,也为想要将这些事一笔勾销的智。

赶紧走吧,坐在沙发上的麻美想,三个月前带出去的旅行袋里放着生活所需的最低限度的行李。按照当初设想的那样,姑且将几件衣服、内衣、挎包、纪念册、化妆品和过去的日记等想带走的物品塞进瓦楞纸箱里,通过拐角处的便利店寄回娘家。电车也还有,赶紧走吧。这样想着,麻美用放在晚报下的遥控器打开电视,将频道调到新闻节目。她一边打算着立即走出去,一边想着找瓦楞纸箱、锁上玄关去便利店、走去车站、回这几天住的星期公寓等这些遥远繁杂得像即将踏上环球一周旅行的准备工作。

新闻画面被切换成广告,麻美从旅行袋里取出手机,她记起来回东京之后约好见面自己却爽约一事,找出泽井裕美子的名字,她的名字还按照结婚时的姓氏输在里面。

因为他们比老公还为自己的归来感到激动,所以麻美归来之后一直持续的愤怒多少平息了一点。对于前几天的约会爽约一事,她对裕美子深感抱歉。于是,电话里交互传来"没事吧?"与"啊,太好了!"的问候声,她不由自主地将电话从耳边拿开。裕美子建议这回再见面谈谈,麻美当然没有理由回绝,毋宁说她是因为想见他们、想让他们听自己的诉说才打的电话。

三天后的下午七点半左右,麻美拿着葡萄酒和樱桃作为礼物来到裕美子的公寓。麻美推测伙伴们(麻美现在认为的)或许全都在,充留和充留的恋人,裕美子和正道,没准儿还有宇田男。

然而她和迎出来的裕美子一起走过走廊进到起居室时,那里只有正道一人。

"你到底是怎么回事呀?去哪里了?真让人担心死了。"

"先别说那个。段田你还没有吃饭吧?叫个比萨什么的?"

"想预备点东西来着,可是没大有时间,也想过去外面边吃边聊,可我们不是又想好好聊聊的吗?我觉得还是家里无拘无束吧。"

麻美伫立在走廊与起居室的隔断处,交替打量着他们二人。她在想他们是不是又重归于好了。

"来,坐下吧。比萨可以吗?或者寿司或炸猪排,特殊口味的话,也有什锦煎饼。麻美你想吃什么?"

"就你们俩?"麻美装作漫不经心的样子问道。裕美子和正道对望一眼,说:"噢,充留现在事情多,很忙的。"

"还有想叫上的人吗?噢,宇田男?"

当裕美子说出宇田男时,麻美注意到正道责备似的看了看裕美子。

"不是那个意思。"

"宇田男,没有人晓得联系地址啊,如果有话想对他说就把他叫来?麻美知道他的手机什么的吧?"

"先别说那个。哎,还是叫点什么吧,啤酒可以的吧,段田?"

正道将麻美让到沙发上,裕美子去打电话。看到走进厨房的正道宛如在自己家中一般取出酒杯和啤酒,麻美直截了当地问:"泽井,你和那个跳舞的女孩子分手了,又住回这里了吗?"

"怎么会?"手拿酒杯和啤酒走出来的正道可怜兮兮地笑道,"裕美子跟我联系说段田你回来了,我才过来的。我家也可以的,不过我家太远了。"

"她还好,那个年轻直率的女孩子?"

正道刚要回答,看到裕美子回来又闭上了嘴。

"喂,直接切入正题不大合适,可是到底是怎么一回事?为什么?发生什么事了?"

裕美子抱着电话子机,坐到麻美斜对面的沙发上,急急地问。正道给三个酒杯满上啤酒,端起来喝着,麻美在脑子里试图梳理该说的话。尽管充留、充留的恋人、宇田男都不在,可他们二人饶有兴趣地看看自己,麻美开始对此感到心满意足了。她恍然有种梦寐以求的东西终于到手的错觉,自己是故事的中心,不是外侧而是内侧。如今,麻美确实感觉自己从啃着手指观望的外侧来到了被观望的内侧。

"我先回了长野的娘家,因为我想一个人想一下。待在娘家总觉得像在高中时代,高中三年级时的毕业旅行原本说好去冲绳,结果因为本该和自己结伴同去的女孩子高考失利而没能去成。想起这件事情,又记起宇田男告诉我的旅行时的事情。他对我说曾经在冲绳逗留过,听说那里有个美丽、惬意的小岛,我便想起要到那里去看一看,于是就信步来到小岛。我呀,独自一人旅行这还是第一次呢。说来,独自一人进店里喝茶、吃饭也是第一次呢。当我想到这些事情时大吃一惊,我想我存在某种决定性的不足之处,而我发现我老公爱的正是我的不足之处。"

陶醉在自己夸张的描述中并喋喋不休的麻美因为坐在眼前的裕美子和正道看上去似乎俱已失去兴趣而感到不知所措。准确说来,裕美子和正道看上去都在为不知该从麻美话里的什么地方发现兴趣的端倪而感到困惑。于是麻美试图转换话题。

"我对充留讲过,我想她已经告诉你们了,我正在和宇田男相恋。宇田男是第一个认真告诉我什么地方不足的人,他既不指责我的不足之处,也不爱我的不足之处,我想他是第一个认可具有不足之处的我的人。我想和宇田男一起生活,可是我必须在不依赖任何人的地方独立进行思考，宇田男也对我说那样比较好。"

一口气说下来的麻美已经搞不清什么是现实、什么是自己的愿望了，她似乎觉得哪一个都没有太大差异。宇田男虽然没有来冲绳，可是难道不是他在背后推着自己，建议自己一个人认真考虑一下的吗？难道不是他对自己耳语过往后要考虑一下未来的吗？

提起宇田男的名字时，他们二人的兴趣稍稍被提高了一下，麻美从他们轻微的表情变化中明白了这一点。然而待麻美再要说下去时，裕美子蹙着眉头开了口。

"宇田男很危险的，赶快放手吧。别相信宇田男说的话，你只是因为没有见过那样的窝囊废才觉得稀罕罢了。"

"喂，那是你对宇田男的印象吧？窝囊废之类的评价可不好强加于人啊，大概是你太把宇田男看扁了。"

"不过我觉得相信宇田男可不好，我想这是个普遍性的问题。"

"是不是普遍性问题姑且不论。噢，对了，如果段田是被宇田男引诱了的话……"

仿佛要拦住正道的话一般,门铃响了起来。"来了。"正道嘟囔着站起来,打开自动锁,拿着钱包走出起居室。裕美子的目光追随着正道转移,凝望着正道走出去之后的房门。麻美看着裕美子,蓦然觉得裕美子和正道何苦要离婚呢?她觉得两个人在一起,正道去取比萨而裕美子看着他都极其顺理成章,远比那个女孩子和正道在一起要顺理成章得多。难不成他们想要像学生时代那样在周围引起轰动才特意离婚的?

"先吃吧。"

正道手拿薄薄的四方形盒子折回来。打开放在茶几上的比萨看上去比广告图片上的可寒酸多了,花椰菜变了颜色走了形,香肠蜷曲着,芦笋看上去干巴巴的。裕美子站起来分盘子和叉子。

"我并没有被引诱。"麻美盯着一副寒酸相的比萨表层小声说。

"那么,你离婚后打算和宇田男在一起吗?"

麻美尚没有讲完三个月的失踪,裕美子却早早地提出类似结论的问题。

"和那个是两码事。"

说完,麻美打算继续说下去,却一点也想不起来该说什么了。她觉得来这里之前,或者说就在几分钟之前组织好的想要向他们披露的故事和比萨袅袅的热气一起烟消云散了。

"可是,哎,虽说他那个人就是那样,可我觉得你老公也不大正常,可看不出来他担心的样子。"

"你瞧你,快别做这种武断的判断了吧。看不出来担心的样子或许是因为他不想让我们担心,况且夫妻间的事情外人弄不明白的。"

"或许吧,可是我电话里和麻美的老公交谈过好几回,感觉他似乎也晓得麻美为何离家出走,而他却那样。"

"也不能慌里慌张、惊慌失措地到处找吧?又不是三岁的孩子不见了。"

麻美一边大口吃着比萨,一边交替看着对话的两个人,然后笑了起来。他们什么也没有听到,也不打算旁观我的故事。正道和裕美子停止对话,茫然地看向笑了的麻美。他们的表情极其相似,麻美又笑了起来。

"笑什么?"

"你们为什么离婚?"麻美边笑边问。

"为什么?"

"噢,原因很多。"

两个人再次对视,然后迎面看着麻美。

"嗯,这人喜欢弄不到手的东西,什么东西一旦得手立即又想要别的东西了,哪怕到手的、不到手的两者都是错觉。"裕美子开口说道。

"唉,随你说吧。"

"这可不好。好好回答行吗?承认有责任的是你吧?"

"认真说起来,唉,那是你的理论罢了。你认为我是那样的男人并且腻歪了,所以谈到了分手。"

"不是那么简单的问题,不过简单说也对。一想到你遇到别的女孩子,一想到今后要一直和或许往后会一直不断变换女孩子的男人一起生活,我就会觉得骤然间筋疲力尽。"

"怎么说呢,因为我们相处的时间久了,所以能够预测。我这样说的话对方或许会这样说,或者出现这样的事态的话对方可能会采取这样的对策，可以称其为安心，可怎么说呢，唉，有时也会觉得疲惫。"

"会出现某种东西。换句话说，可能是失去了新鲜感，可是结婚不就是丧失新鲜感的行为吗？所以说，归根结底你这人不适合结婚呀。"

"这点不用你说我也明白，可是也并非那么简单的问题吧？失去了新鲜感就主动同意离婚，我觉得和这不是一回事。"

"嗯，说来也是。我们在一起都十五年多了，到如今新鲜感或许并不是问题。"

"所以说，不能将原因仅仅归结为某一件事，只能说我们是失败的夫妻啊。"

"没错儿，是失败的啊。我和这个人结了婚才晓得男女二人结合在一起并不能自动成为夫妻。喂，麻美，离婚的时候我想过，如果能倒回到大学时代，我绝不会见这个人。然而仅仅为了悟得户口迁进来也不能成为夫妻，我竟然花费了十五年，够傻气的吧？"

"哎，快别再进行这样无常论一般的归纳了吧。我们也并非碌碌无为地虚度光阴吧？平时不也有快乐的时候吗？我们难道不是因为情投意合才在一起的吗？"

"你说的无常论是什么？这是个什么词？我没有听说过。"

麻美交替打量着宛如说对口相声一般不紧不慢地对话的两个人，反复思量着他们的话语。麻美觉得或许的确不是屡屡花心或欠缺新鲜感之类简单的问题，或许两个人之间还有更加错综复杂、日积月累、纠结缠绕的种种问题。可是情况再怎么错综复杂、日积月累、纠结缠绕，麻美都觉得正道和裕美子分手的理由极端孩子气，觉得比起自己存在的问题，那些情况要远远微小、琐碎、幼稚，如他们不晓得要不上孩子是怎么一回事。裕美子恐怕没有考虑过自己身体的缺憾，她恐怕连基础体温都没有测量过吧。正道也从未考虑过面临那种情况时自己该如何与妻子相处吧。老同学们，比如充留，在自己想做的事情逐渐有了眉目的时候，估计不会懂得关在家里光和老公进行短信交流是种怎样的心情吧，而且她肯定也无法理解想工作却不知如何、从何处入手这种状况吧。

除此之外,想必他们也从未体会过自己那种与世隔绝的心情吧,他们有生以来从未感受过那种想方设法探寻世界的中心并把自己嵌入其中的冲动吧。

想到这里,麻美浓墨重彩地忆起大学时代,从居酒屋哭着飞奔出去的裕美子、追出去的正道,昨天还在吵架今天却又在学生食堂里面对面吃咖喱的情侣,写在黑板上的德语,并排盖着生协①章和校章的文具,体育馆传来的体育部成员的呐喊声,在操场上练习跳舞的学生,总是战战兢兢地窥视周围的自己。为那般微不足道的事情而烦恼,为那般不足挂齿的事情而安心,是多么、多么幼稚啊!

现在,眼前的两个人在麻美眼里同样幼稚。看到他们,她曾经羡慕过,可这是她第一次认为他们幼稚。她觉得要让他们知道自己如今处于故事的中心也是过于孩子气的欲望。这三个月,她观光旅游一般从长野的娘家转到冲绳,从冲绳转到广岛、京都,又回到长野待了几

---

① 消费生活合作社的简称。

周,两个星期前回到东京,租了饭田桥的星期公寓的一间窄小的房间。无非只是进行了一次类似散心的长期旅行,麻美却感觉自己似乎来到了异常遥远的地方,她觉得自己似乎并没有回到东京、回到和智一起生活的那个家,而是在继续前行。从一开始她就知道自己并没有奢望将来会和宇田男一起生活,麻美就在刚才才意识到这一点。

"不分手不也挺好的吗?"麻美说。

你一言我一语的两个人停止对话,看着麻美。

"没有必要分开的吧?"麻美又说了一遍,将杯子里剩下的啤酒一饮而尽。

正道和裕美子吃惊地看着麻美。正道的脸上沾着比萨的面饼渣。

"这是我离开家三个月想到的,我们,本来就有绝对的闲暇吧。"麻美说。

造访这处房子时,面对他们两位听众的兴奋早已淡弱,此刻的麻美既不想讲故事,也不想说世界的内侧,而是想谈谈这三个月里自己见到的东西。那不是第一次独自一人看到冲绳的海，不是从飞机窗户看到的千姿百态的云，不是商务旅馆里窄小的床，不是广岛的什锦煎饼或京都的街道，也不是关于宇田男的记忆，麻美这三个月里看到的是完全空无一物的空白时间。麻美一边叙说，一边深切地感受到这一点——自己是在看空白。

"我们不是总觉得有事吗？觉得似乎有什么应该做的事情，和谁见面或者去什么地方，我们不是认为每一天好像都被规定好了吗？然而实际并非如此。即便明天泽井不去公司，裕美子谁都不见，实际上也没什么要紧的。就连我也一味地认为每天都有应该做的事情，洗衣服啦、打扫卫生啦、准备晚饭啦之类，然而实际上什么都没有。我是闲着的，闲得要命呀。"

这三个月实在是非常闲，闲到令人吃惊的程度，闲得过了头。麻美手拿旅行指南去和平纪念公园，甚至去清水寺参拜，她一边拜托年长的游客给自己拍照，一边思量着自己究竟在做什么。

"于是我发现自己特别害怕那种绝对的闲暇。"

麻美现在才真正察觉到，察觉到自己从不晓得具体时间的老早以前就打心眼里害怕这一点。在旅途中，麻美热切地观光、游览，感到空虚时就赶紧取出手机给宇田男发短信。想见你。来吧。来这里。在背后推我一把的是你吧？

"然而，我曾经相信所有的人，除我之外的所有的人都没有闲暇。"

是啊，曾经相信。正道也好裕美子也好，充留也好宇田男也好，大家看上去都忙忙碌碌。始终在烦恼、欢笑、哭泣、喧闹、喜悦、醉酒、恋爱、嫉妒、羡慕的他们看上去似乎没有一丁点的闲暇和空虚，唯独考虑AA制该如何结账等扫兴问题的自己置身于庞大的闲暇中。麻美讨厌那样的自己。

裕美子和正道不明就里地听着麻美近乎独白的表述。一步也未迈出学生时代的幼稚的他们，如同曾经的自己在未察觉的状态下对空白充满恐惧的他们，根本不会理解。

"那是因为旅行突如其来，所以会觉得闲吧？"裕美子说。

麻美翘起嘴角笑了。

"不是旅行，是闲暇呀。你们之所以分手，也是因为继续在一起眼见着会闲下来，是因为害怕这个吧？所以，我刚才突然觉得你们不分手不也挺好吗？我想我们应该慢慢接受闲暇。"

"不，我们不那么闲的。"正道困惑地笑着说。

"我完全听不懂麻美说的话。"裕美子把手伸向剩余的比萨却没拿，又缩回了手，说，"完全听不懂，可是又觉得似乎懂了。"然后她抬起头来问："那么说，麻美你要回家像从前那样过日子了？所谓接受闲暇就是这样的事吧？寄出的离婚申请撤回来了吗？"

裕美子好像够急性子的，麻美暗想，任何事情不得出结论似乎就不能安心。然而麻美也很清楚自己迟早必须拿出结论。

三天前，麻美回家之后再没有去星期公寓，就那样在家里和三个月前如出一辙地过日子，准备早餐、打扫卫生、准备晚饭、给智回短信。智好像接收家具一般接收了麻美，他什么也有没问，什么也没有责备，仿佛什么都没有发生过一般行动自若。麻美想，将三个月的离家像使用糨糊糊上一般忽略不计或许也并非难事吧，在封口里面，离婚的决心以及和宇田男之间的罗曼史也会被死死地尘封吧。

然而麻美还是没有下定决心。尽管在这里、在这两个人面前，她意识到自己非常惧怕空虚，尽管声称自己应该接受庞大的闲暇，但她又不知道自己具体应该如何去做。对智的愤怒还在持续，而且也不会再像从前那样相信两个人会融洽相处了，可是三个月的旅行花销和星期公寓的住宿费全部都是用智给她的银行卡里的钱支付的。尽管麻美希望独立生活，可是一想到那之前的手续——看招聘广告、写履历表、面试、开始工作以及寻找独立生活所需要的住所、租住类似于大学生住的房子——她就无法贸然行动了。或者这回才能融洽地相处下去？为了从繁杂中解脱出来，麻美想。只要自己原谅智，逐渐缩近和智之间的距离，顺其自然地接受庞大的闲暇，自己也许就又能相信了吧，相信自己和智会非常融洽地相处下去。

"你现在住在星期公寓里吧？这人也住过，在离开这里之后到找到新居之前。我只能认为星期公寓和手机之类的是为了让人轻而易举地离婚而发明出来的。"裕美子说笑道。

"可是，归根结底还是回去的好，最好和你老公好好谈谈。"正道总结似的说道。

麻美瞅了瞅手表，快十一点了，感觉还想待在这里说点什么，却不晓得该说什么，也不晓得该去哪里。

"我该回去了。打搅到这么晚，不好意思。"

虽然嘴上这么说着，却把握不住站起来的时机。

"对了，充留说要结婚了，所以她好像要忙很多事情。"

"想都没想过充留会结婚呐。"

"那个男朋友似乎也谈不上有前瞻性啊。"

正道和裕美子一边喝新打开的葡萄酒一边聊。

"啊？要结婚了？"麻美嘀咕道。

"何苦又要？"她又小声地加了一句。她有一份足以养活自己的工作，可以按自己的喜好行事，还小有名气，然而她何必专门结什么婚呢？麻美心想。听到她的嘀咕，正道和裕美子也笑了起来。

"的确，是让人觉得何苦又要啊，明明朋友里面有两对都失败了。"

"段田还没有失败的吧？"

"可是怎么说呢，婚后幸福美满的范例没有的吧？"

麻美附和着他们的腔调笑了，终于抬起了屁股。

"当真得回去了。打搅到这么晚，不好意思。"

正道和裕美子也跟着站了起来。

"真的要走了？不过你要好好想一想，有什么事情再联系啊。"

"见到你也就放心了，首先。"

他们宛如夫妻般地把她送到了门口。

"住下吗？"

麻美有点不怀好意地问正道。她羡慕他们可以继续幼稚下去，甚至闪过言语间捉弄他们一下的念头。

"怎么会？因为刚刚才打开一瓶葡萄酒。"

"希望麻美也能再稍微喝一会儿的，可是……还有电车的吧?"

慌忙应答的两个人看上去令人莞尔。"谢谢。"礼节性地鞠躬后,麻美关上了门,穿过不见人影的电梯厅,她一边走进入口,一边想起裕美子的话——如果能倒回到大学时代,我绝不会见这个人。

麻美想,如果能倒回到大学时代肯定还是一样的吧。无论倒回去多少回,或许裕美子都会爱上正道,自己则期待着与宇田男和他们邂逅吧。或者即使没有和他们邂逅,或许我们所处的场所也会是分毫不差的同一场所吧。

麻美一边沿着彻底黑下来的马路走向车站,一边取出手机,找出宇田男的名字。她凝视着那数次凝视过的画面几秒钟后,冲动地按下了删除键,随后出现了"是否删除?"的文字,麻美眼里看到的是"你能够删除吗?",仿佛觉得被人轻看了,她用力按了"是"键。再次确认通讯录,佐山宇田男这几个字已不再出现。麻美紧紧攥着手机,快步向车站走去,风依然寒冷。和匆匆往家赶的行人擦肩而过,有几个人在摆弄手机,有几个人手拿便利店的袋子,还有几对男女结伴同行,亲亲热热地手牵着手。看见车站的灯光,麻美突然驻足不前,又一次打开手机翻盖查看。确认佐山宇田男的名字彻底消失之后,强烈的寂寞顺着脚下攀缘而上,她简直要就地蹲下了。虽然删掉的是佐山宇田男的联系方式,她却感觉将学生时代的自己全部删除掉了。她从来都没有喜欢过那个总是扫兴地、总是喝不醉酒且用恨恨的目光望着感情用事的同学们的自己,她感到寂寞难耐。那个土包子、那个战战兢兢意欲将所有的一切统统吸收、为不被人看作老土而努力、别人笑时跟着一起笑的女孩子已经不在这里了。她努力往腿上用力以不使自己蹲下,将手机收进挎包,仿佛行走在泥泞的路上一般,麻美小心翼翼地、运足力气地向车站走去。

五月的典礼

充留对着电脑,望着只有光标在闪烁的画面叹了口气。截稿日期是两天前,她却一行都写不下去。她将目光投向窗外,夜空中飘浮着云朵,远处的霓虹灯在闪烁。做了一个深呼吸,充留再一次面对画面,却一个字都想不出来。她将画面切换到网页上,跳到夹网页书签的页面上,表参道的意大利餐馆、惠比寿的葡萄酒酒吧、外苑前的意大利餐馆、银座的法国餐馆,尽管提前考察了所有地方,充留依然没能选定两个月之后举行结婚派对的会场。

不,现在不是考虑场所的时候,截稿日期早过了……充留关掉网页画面,然而该写的语句依然不见踪影。她打开放在旁边的记事本,翻到上个月的页面,又翻到上上个月的页面,紧接着打开书桌抽屉,在里面乱翻一通,找出去年的记事本打开,去年三月、去年二月、去年一月。

果然。果然比去年的工作量减少了一大截。数了数，去年三月份标示截稿的红色圆圈有十八个，竟然有十八个。她想记起来到底写了些什么，却一点都想不起来了。这个月记事本上的红圈有四个，只有四个。即便如此，还有一个处于未完成状态。

充留将去年的记事本和今年的记事本统统扔到地板上，走出房间。她走向餐厅，打算到寂静的起居室里让自己静静心，可是整天光知道躺着不动弹的重春在起居室里，他的侧脸对着充留咕哝了一句"唔"。重春照旧在打游戏，尽管压低了音量，但音乐声还是充斥着整个房间。重春周围一片狼藉，扔着小点心袋子、捏扁的空罐子、盛着不知是酒还是水的透明液体的杯子等等，这早已应该司空见惯的光景令充留大为光火。她走进厨房，弄出粗暴地开合抽屉的动静，准备咖啡，就算那样子拿东西撒气，也还是怎么都无法将火气压下去。

充留前一阵子就隐约察觉到自己的毒舌专栏似乎让人厌倦了，她一有机会就提前还贷就是因为这个，而且宣称还完房贷就放弃无聊的专栏也是因为她有种预感，预感到这份工作可能不会持续太久。在被抛弃之前先将它抛弃，她一边单纯地处理稿件，一边在潜意识里这样想。

充留一边将咖啡机装好，一边张望重春的侧脸。二月末时去见了重春的父母，说好本周末两个人一起去拜访充留的父母。在下北泽的嘈杂声中提起的结婚计划稳步变为现实。

"吃点什么吧？"重春脸朝着画面问道。这样的话语激怒了充留。

"你倒是挺好啊，无忧无虑的。"

挖苦的话脱口而出。重春大概深知这句话是发动攻击的信号，不理不睬地继续移动遥控器。

"睡觉前把那里好好收拾一下，我烦透了通宵工作之后明天早上还要打扫卫生。"

"嗯。"重春送过来一句表示听见了的回答。这愚蠢的回答像开关一样使充留进入战斗状态。

"喂!你这人,这就行了吗?都快结婚了还那个样子吗?难道要我单枪匹马不停地工作,你却那样子整天玩游戏?关于结婚,我虽然并不了解,可是难道不应该更加欢欣雀跃、兴高采烈吗?我都要烦死了,你多少改变一点嘛。你要是不肯改变的话,结婚就没有意义了呀。"

充留一边说,一边在大脑的一隅想。啊,我并不想说这些的,可是……提出结婚的是自己而不是重春,而且自己并不是想兴高采烈、欢欣雀跃才提出结婚的。明明晓得这些的。

"派对一事不也全都推给我了吗?你难道光想着埋头大吃大喝?你就这样把所有的请柬都推给我来弄?这不是我一个人的事,而是两个人的事呀!你懂吗?"

唉!就连提出要办派对的不也是我吗?裕美子他们坚持让她办派对。拒绝了正道和裕美子要求担任干事帮忙的也是我自己。明明声称自己的婚礼自己办,却这样子责备重春,错得也太离谱了呀,充留想。重春最好不要那样子反驳我,结果像充留预想的那样,他没有反驳,匆匆关上游戏收场,默不作声地开始收拾一片狼藉的垃圾。

"喂!为什么你就能安心地不努力?"这句话即将脱口而出。

"我去洗个澡。"重春小声说完,避难似的走出房间。

那句话总算没有说出口,充留放心地叹了口气。她老早以前就明白努力、不努力的争论白费时间和精力,因为自己和重春努力的标准不同。充留觉得看上去一点都不努力的重春也许正在自己不知道的地方做着努力,在做意大利面一事上面,在忍让半夜三更突然拉开吵架架势一事上面。

将咖啡倒进马克杯,充留这回出声地说了声:"唉。"总觉得寒碜。远处传来花洒的声音,可能是重春把水桶掉到地上了,咣当一声巨响经久不息。"所谓恋人就是寒碜的呀!"她想起重春的话。我们就要这个样子从寒碜的恋人变成寒碜的夫妻吗?

充留端着马克杯来到阳台,她使劲吸了口夜晚冷热适中的空气,交替看向沉寂在夜色中的公园和远处如星星一般忽明忽暗的霓虹灯。

充留始终认为一旦专栏工作消失,一旦从胡乱散布毒舌的故意自我菲薄中解脱出来,必定会极其轻松愉悦,那样一来就终于能够鼓足干劲投入纪实文学了。然而当真正从数值上得知工作量减少之后,充留被深深地动摇了。不,准确说来,充留也隐约明白动摇的原因并非数值的减少。

当有工作主动地找上门来,自己兴致勃勃地写作的时候,自己周围分外热闹,不是被人追捧或与名人见面机会增加这一类热闹,而是个人的热闹,就像加入盂兰盆舞①的圆圈陶醉地跳舞那样,可以完全不在意别人目光的快活的热闹。是否喜欢自己的工作,是否正在写想写的东西,即便不考虑这些内省之事,也有一种想继续跳下去的恍惚与充实。

在从数值上确认工作量减少之前,充留业已感受到那种热情在慢慢冷却,留意到时,自己已经从跳舞的圆

---

① 盂兰盆节是日本仅次于新年的重要传统节日,大致在每年的8月中旬过节,届时人们会纷纷跳起盂兰盆舞庆祝。

圈中离开，在校园的阴影里艳羡地望着其他人在快乐地跳舞。她意识到那样的静寂正在悄悄地迫近。

蒲生充留越是毒舌，对充留的批评和奚落也就越多。她不仅在网站论坛里被人咒骂，出单行本的时候，还遭到电影工作者和别的同行们的贬斥，他们认为她没品行，说到底是门外汉。即便如此，当在盂兰盆舞会的圆圈中跳舞时，那些声音听上去好像伴奏一样的助威声，然而一旦离开圆圈，那些声音则是比实际更甚的冷酷批评。"毒舌似乎已经过时了哟。"充留记起一个相熟的编辑说过的话，那既不是对充留的批评，也不是对她的警告，而是同情的话语。如今似乎是漂亮的东西受追捧吧，催人泪下的或煽情的，专栏和文化评论也如出一辙的吧，大家都希望互相褒扬、互相感动的吧。能在一边倒的讥诮中一决高低，或许只是依托了经济的繁荣。她心领神会似的自言自语。也许因为喝了酒，充留义愤填膺地表示让煽情滚到一边去、让催人泪下滚到一边去。编辑也深表赞同。然而第二天在宿醉中睁开眼睛后，充留觉得既无内涵也无深度地进行一边倒的自己或许会被厌烦、被抛弃。不，在被厌烦、被抛弃之前，自己或许已先对演艺信息和电影资讯完全生疏且不在行了。

如今，她不禁觉得盂兰盆舞会的灯光已离自己相当遥远了，遥远得如从自家阳台眺望相邻城市的喧嚣。正是这种静寂使她心神不宁。

不挺好的吗？没工作时就有了时间，可以着手喜欢的事情。先搜集资料，调查一下是否有新人奖会受理与自己想写的东西相吻合的纪实文学，然后慢慢着手写作。积蓄用完的话，重春必定会抬起懒洋洋的屁股开始做点什么工作的吧。

总之，自己必须要结婚，结婚之后必须使之终结，必须使之改变。充留对着咖啡吹气，在心里反复表明决心。终结什么？改变什么？疑问自然而然地涌上心头，充留像要将其赶走按倒一般自言自语道："终结现状。"

裕美子打开玄关大门，看着充留两只手中提着的大量纸袋子，感佩地说："哟，又这么……"

"对不住，打搅你休息了。"充留边把纸袋子弄得哗哗作响边走进房间。裕美子没有回答，在充留前面走向起居室。

"这全部装的是请帖？"

"哪儿能？请帖套系就这一个袋子，剩下的是衣服和鞋子什么的。噢，还有礼物，我买来了巧克力。"

"衣服和鞋子什么的是派对上用的？你没租衣服？"

"我讨厌夸张嘛。我选的也不是给人以'结婚典礼'感觉的礼服裙，而是选了派对的裙子。"充留边说边将其中一个纸袋子放到餐桌上，取出里面的东西。

"这个利用上门配送就好了。"裕美子把扎成一捆的卡片拿在手里频频地盯着看。

"我想让你看看嘛，看看是否对劲儿。"

"嗯，想看想看。"

"那就弄完这个再看吧，我担心项链是否华丽了点儿。"

"我现在就去冲咖啡。你先准备好，我马上来。"

裕美子向厨房走去，充留把从袋子里取出来的东西摆到了桌子上——胶棒、银色的卡片、统计是否出席的明信片、带酒店地图的卡片、信封、带"寿"字的邮票[①]。明信片和信封上都已经印好了文字和收信人姓名，名单制作和文字内容是充留弄的，版面设计是重春做的。重春只做了这一件事，却几度剑拔弩张。充留单方面地胡搅蛮缠，重春默默地接受。反复如此。

把所有的东西往桌子上摆完之后，充留抬头看连着阳台的玻璃窗。带蕾丝花边的窗帘对面碧空万里，看得见晾晒的衣服迎风招展，连内衣也毫无防范地夹杂在T恤衫和手帕中间挂在那里。她似乎看见独自一人度日的裕美子的身影一闪而过，那身影不知为何出现在黑夜里，裕美子仿佛被丢下的孩子一般啃着手指甲向外张望。充留将视线从晾晒的衣物上移开，转向厨房里的裕美子说道："说起来，麻美怎么样了？"

"啊，麻美！"传来喊嚷一样的声音，接着用托盘托着咖啡杯的裕美子走出来了，"就在两个星期前，我和你说过她来这里、我和正道听她诉说的事了吧？我短信里

[①] 日本邮寄请柬时有专用邮票，上面印有"寿"字。

也写了的,是些让人不明就里的话呢。说什么呢?自己闲,但她又害怕那种闲暇,为了告诉自己没有闲着才出去旅行等等。喂,这个按顺序装进去可以吧?"

将咖啡杯放在桌角上,裕美子在充留对面坐下来,低头看卡片之类的东西。

"嗯,能不能帮我把这些银色卡片全都装进信封?"

"OK。然后,到最后又说我不该离婚什么的。"裕美子一边娴熟地忙活着一边说了起来,"我不晓得麻美在说什么,所以无奈等麻美回去之后我们进行了推测。想必一定是她老公很忙,却又对她说不让她工作,所以她很闲吧。我想就在那个时候她被宇田男勾引,当真了,又被怂恿着离家出走。可是宇田男那样的人,终究要先厌烦的,于是麻美仿佛猛然间醒酒了一般清醒过来。所以我觉得她醒悟到自己在假戏真做,知道自己错了。我觉得她醒悟到了自己只是在消磨时间而已。她肯定是想说这件事来着,当时。"

裕美子在折了两折的请束里夹上明信片和带酒店地图的卡片,递给充留,充留将其装入信封封好。充留一边按照极其自然的流程忙活着,一边不做附和地竖起耳朵听裕美子说话。她不晓得该想什么,该如何想。麻美一厢情愿地对宇田男的心血来潮当了真,甚至离家出走,孰料却被宇田男抛弃。这样的情节和以前一样无法使充留心安理得,她只是羡慕麻美,迄今为止还从未羡慕过麻美,然而麻美仿佛醒酒了一般倏然清醒,在这一点上,充留发自肺腑地羡慕麻美。

"这么说麻美的事情已经风平浪静了吗?她高调宣称要离婚,行踪诡异让大家悬心,却来上一句'啊,风平浪静了',回到家里一如既往地当主妇?"充留停下手问道。意识到自己的语气夹枪带棒,她又辩解似的加上一句:"天下太平了呀,可以这样说吧?"

"是啊,那之后我和她只发过一次短信,她已经回家了吧,应该不会住星期公寓这么久的。"

充留停下手里的活儿,她和裕美子摞起了卡片。裕美子并没有察觉,继续将配成套的卡片往上摞。

"'过去'是无法弄到手的呀。"

裕美子一边像在监视下打工一般神情专注地拼命忙

活，一边蹦出这么一句。

"啊？怎么回事？怎么突然说起大彻大悟的话来了？"

充留笑了，却并没有什么可笑之事。她之所以笑，无非是害怕自己内心的蓦然一惊被人窥透而已。

将所有的卡片装进信封，又分工贴邮票。蕾丝窗帘对面的天空比刚才更蓝了。裕美子一一审视信封上的收信人姓名。"啊，还请小菜了吗？""嘀，松田住在平冢？"她逐一发表着感想。"啊，又要聚起来了吧，所有的人。"她俨然被喝令绕校园跑三圈的初中生一般说道。

"说来，你们的离婚派对是一年前了吧？"

"面孔相同的吧？"

"完全不同的吧，既有我工作关系上的人士，也有重春的朋友。"

"倒也是。不过，除了正道、我、麻美、邦生……叫不叫宇田男？"

"叫呀。"充留一边小心翼翼地贴邮票，一边若无其事地回答，"只是叫一下。"

"那又会把某人拐跑，然后又会有某人失踪喽。会是小菜或者谁的吧。"

"可能,没准儿竟是裕美子你。"

"住嘴吧,我才不会上那种男人的钩。"

裕美子笑了,充留也笑了。

"喂,为什么突然间决定结婚?"

裕美子将信封一股脑投进公寓附近的邮箱,一边往车站走一边问。太阳已经完全沉了下去,星星出来了,仿佛挂在道路前方一般。充留和裕美子分工拿着装裙子和鞋的纸袋子。

"怎么说是突然间呢?我和重春难道不是老早以前就在交往了吗?按常理难道不该说终于到达终点了吗?"

充留笑了,仿佛被追问何苦偏偏要结婚让她感觉滑稽。似乎所有的一切她都了如指掌,充留想。绝对不是心潮澎湃、欢欣雀跃地面临结婚,她似乎看穿了这一点。

"可是,我不觉得是终点,你也是这样想的吧?喂,为什么?"裕美子罕见地执拗追问。

因为"过去"是弄不到手的啊。充留对如气泡般冒出来的答案哑然失笑。

"总觉得恋爱之类的麻烦透顶,况且今后似乎也不可能再遇到什么人再和他谈恋爱了。"她说。

"借用麻美的话,就是接受闲暇了吧。"

裕美子以微妙的认真神情点了点头。"喂,去吃晚饭怎么样?去吃烤鸡吧?"说完,她望着充留。

跟重春说好晚饭前回去的,可是裕美子说话的神情看上去像央求自己一般。"那作为对你大力协助的感谢,我请客啦。烤鸡可以?再奢侈点的也行啊。"充留笑着说,"我发个短信说一声吃过饭再回去。"

把纸袋子归到一只手中,充留边走边给重春发短信:"我吃完饭再回,你也弄点吃吧,别吃便利店里的饭。"随着走近车站,擦肩而过的人多了起来。

"切,真不错,像新婚的感觉。"裕美子一边挥舞着纸袋子一边说。

"别胡说,况且又不是新婚。"充留一边输入文字一边淡然地回答。

看到先自己几步走在前面的裕美子的背影，充留想招呼说"叫上正道吧。叫一下看看吧，有时间的话，他会和我们一聚的吧。"然而充留将那话咽了回去，按下发送键。

裕美子带她去的是位于车站正对面的一家烤鸡店。局促的店里烟雾缭绕，靠近天花板的电视在播七点的新闻，桌子旁边的座位上坐着情侣或结伴而来的年轻客人，吧台上看似常客的中年人有的在看电视，有的在看报纸，他们各取所好地喝着酒。裕美子和充留让吧台上的客人往一起凑了凑，两人在角落里的空座处坐下来。猪脸肉、心、肝、番茄金枪鱼火锅、芦笋、凉拌萝卜、煮杂碎，想到什么点什么，把送上来的啤酒杯碰得叮当响。

"真的，正好一年了啊。"

裕美子一边舔嘴唇上的泡沫，一边深有感触地说。

"是个傻里傻气的仪式吧？"

想起提交离婚申请的录像、朋友们郑重其事的致辞以及种种一本正经的恶作剧，充留笑了。盛着几串东西的平盘被摆到了眼前，裕美子毫不见外地往上撒辣椒。

"一岁了呀!"

裕美子嘀咕道,她以为充留自始至终没有在意,于是又专门重复一遍,"已经一岁了呀!"说完,叹了口气。充留完全弄不懂裕美子想说什么,可是当发音在脑子里转换成"一岁"时,她吃惊地看着裕美子。

"什么?难不成你离婚前生孩子了?"

"你想哪儿去了?是我的年龄啊,我的,从离婚开始算起。"

"啊?说什么……噢!"至此,充留终于想起来裕美子在离婚派对上的致辞——连我自己都已经忘记不和泽井正道在一起的自己是什么样子了,所以对于明天自己即将变成什么模样,我一无所知。并且在二次会的路上,裕美子边走边说自己有一种从十八岁开始重新来过的心情。

"不知为什么,觉得自己没怎么成长,反倒觉得倒退了一样。"

裕美子咬了一大口串串说道。身后传来哄堂大笑声,裕美子和充留不时地回过头去。有一群男女混杂的客人占据了桌子的席位，尽管还不到八点，其中一人却似乎喝醉了，趴在桌子上睡着了，其他人恶作剧地将几根串串插进他的头发里，正笑得前仰后合。一个女孩子拿手机拍了照片，于是大家又笑翻了。裕美子和充留望着那情景好一阵子，缓缓地把头转了回来。

和泽井正道分开一年了。诚然，从她们相识至今，充留从未见过独自一人的裕美子，可是回想这一年，她依然觉得裕美子和正道在一起。换句话说，去年的裕美子和如今坐在自己身边的裕美子看上去如出一辙，其证据就是充留感觉自己差一点就要马上打手机将正道叫出来，当然她没有将这话讲出口。

充留喝了一口啤酒，说："不过，一岁的小婴儿不也还什么都不会吗？不会说有意义的话，不会跑全程马拉松，不会拿工作后的第一笔奖金请我吃鳗鱼，最多会摇摇摆摆地站起来说'饭饭'之类的吧。"

听她这样说，裕美子笑了。"也罢。"她止住笑，将啤酒一饮而尽。"大叔，添酒！"她冲着吧台里面说。"罢了，一年的成长确实有限啊。"她一本正经地嘀咕道，兀自点了点头。

身后又响起笑声,充留被其引得回过头去。头上被插了串串的男孩子猛然起身瞪大眼睛四下环顾。

"不嫌吵吗?"裕美子胳膊肘支在吧台上头也不回地答道,"小毛孩子们喝的哪门子酒?"以为她可能喝醉了,充留望过去,裕美子抱着新要的啤酒杯在咧着嘴笑,她悄声说:"已经到了说这种话的年纪了哦。"

"小毛孩子们得赶紧回家睡觉了。"充留也对裕美子耳语道。裕美子笑出了声,充留也低下头笑了。

走出饭店已经十点了,送充留到车站的裕美子将纸袋子交给充留,啊地叫了一声。

"什么?"走向检票口的充留回头问道。

"忘了给我看裙子了。"裕美子说,表情似乎受到重大挫折似的。

"那就等到那天再欣赏吧。"充留说完,走过检票口,在通向站台的台阶前回头看去,裕美子依然站在那里冲着她挥手。

订好的酒店里播放着电台司令乐队①的歌。充留和重春茫然不知所措地坐在充当准备室的单间里。交谈声和笑声汇聚流传过来，他们知道已经来了很多人了。充留看看坐在身边的重春，重春也看看充留，身着紧身西装、头发向上梳得整整齐齐的重春看上去活脱脱一个孩子，像一个大块头的、装酷的初中生。

"电台司令之类的还是不对劲儿的吧？"

不晓得说点什么好，充留这样说道。不过是个小规模的派对，她却感觉即将在五千人面前发表演讲一般心情紧张。

"挺提气氛的，没关系。"

重春说完，一边摆弄头发一边在脚底下打着拍子。

从预订惠比寿的酒店作会场到今天，他们之间爆发了史无前例的争吵。不，确切地说，无论充留怎么发脾气，重春都不回一句，所以说争吵根本不成立。有什么意见分歧，重春就像充留认为的那样对派对撒手不管了。

---

① 来自英国牛津的乐队，1992年录制第一张专辑，1998年荣获格莱美"最受欢迎的摇滚音乐"大奖。

重春协助的只有制作请柬而已,剩下的和酒店交涉、和负责接待及司仪的人交涉、整理回复的明信片以及准备回赠来宾的小礼物统统由充留来做。尽管如此,重春唯独对音乐喋喋不休地加以干涉,说什么派对前放的曲子这个好、欢谈时的曲子用这个,即使充留反对,他也不依不饶地不肯让步。

这期间,充留屡屡搞不明白自己到底在做什么。为什么要办派对?当真想办那样的东西吗?她简直想半道撒手不管。那样倒索性利落了,家里也不会再笼罩在紧张的气氛中,又会恢复到平常的日子,然而充留没有作罢。区区四篇稿件都没能好好写,她对自己的偷工减料心知肚明。她去交涉酒店,去订分发给来宾的西式点心,反复和担任司仪的邦生协商。结婚派对在充留心里成了某种不想办也非办不可的东西,就像运动会、文化节那一类的东西。

"可以进去吗?"

裕美子和正道往单间里探头探脑,扭扭捏捏地走进单间的裕美子不知何故穿了件黑色的晚礼服,正道身着西装。

"为什么打扮得这么郑重其事?"充留笑道。

"今天恭喜你们了。"

裕美子一本正经地低头鞠过躬,从四方形的纸手提袋中取出球形花束,将由白色蔷薇和类似桔梗花的蓝紫色花扎成的花束递给充留。"哟,谢谢。"边说边接过花束的时候,不知为何,连自己都未曾想到,充留差点哭了。

"可是这怎么处理?这样提着走可以吗?像足球吧?"她连忙拿话遮掩道。然而裕美子和正道都没有笑。

"为什么穿藏青色,你是新娘子啊?"正道冲着身穿藏青色下摆礼服裙的充留皱起了眉头。

"的确。这样不是太普通了吗?你是主角,你应该拒绝沾染'你的色彩'。"裕美子吃惊地说。

"不过现在再穿什么白色礼服裙……"她不理会笑着的充留,"啊,罢了罢了,上了年纪变得爱认死理了呀。"

"不喜欢白色的话,黄色或粉色的也行啊,藏青色也太……"

"当时给我看了的话,我绝对要反对的,好像太素净了呀。"

两个人说的话宛如亲戚一般。

"泽井,你那个女友没来?"充留问道。

她对如此发问的自己感到吃惊。正道语塞,她知道裕美子瞅了正道一眼。她觉得自己似乎在故意捉弄人。尽管如此,充留却不能不问。

"难不成已经分手了?"

裕美子抬头看正道。

"你呀,"正道苦笑,"婚礼的准备室和居酒屋一样啊。"

"分手了吗,你们?"裕美子再次追问。

"带她来这里会突然让我置身于尴尬中。"

正道随即做出一副笑脸回答。

"你瞧这人,比起你默不作声地来这里,还是叫她来好嘛。"裕美子用惯常的口吻招人嫌地说。

"的确啊。泽井你这一点的确不诚实啊。"

充留多少平静下来一点,笑道。有几个人一哄而入拥进单间,充留他们将目光转向这些人。"不错啊!""挺能干的嘛!""打扮得好帅哦!"他们七嘴八舌地围着重春。充留毫不客气地看着初次见面的重春的朋友,活像母亲审度儿子的朋友,三个男性朋友都像商量好了似的将茶色的头发夸张地弄得倒立起来,穿着同样的牛仔裤,唯一的一个女孩子烫着漫画少女样的长卷发,穿着暴露的超短礼服裙。看到他们,充留这才记起重春比自己年轻许多,她觉得超短裙女孩儿做重春的新娘比自己适合得多。

他们就那样围着重春。"你怎么选这首曲子?""绝对是阿重的品位吧?""我没带红包,没关系的吧?"他们开始吵吵嚷嚷地交谈。

"大家都来了吗?"

呆立在那里的充留问呆立在那里看他们的裕美子和正道。

"来了不少了。"

"还没见着麻美呢。"

"不过,会来的吧?"

"昨天打电话给我,担心该穿什么去,所以我想她会来的。"

交替望着展开对话的两个人,充留察觉到自己心里并非想知道大家来没来,而是想知道宇田男来没来。宇田男不来的话就白忙活了,和重春一路争吵着毅然决然地举行派对就失去了意义。并非想让他看到结婚的自己,想把对宇田男刻骨铭心的情感做个了断也多少有点出入,而是想成为不被宇田男轻视的大人。已经大可不必把这样的事情作为目标,她为了告诉自己这一点,为了让自己知道现在的宇田男与现在的自己所处的位置不同于过去,所以在今天的派对上自己必须要见到宇田男。充留考虑着这些事情。

"麻美或许就该到了。"

"叫一下她?"

"不过还没有开始的吧?"

充留克制住自己,没有向正在交谈的二人询问"宇田男呢"。

"啊。"重春的一个朋友发现了充留他们,转过头来。

"恭喜了!"有一个人说道,所有的人都齐刷刷地低下了头。"他们是谁?"充留用眼神问重春,重春却只是害羞地笑着一言不发。

"我们是大学的朋友,那个外语的……"

"你要介绍的吧,正常情况下?"其中一人用膝盖轻轻踢重春的屁股。

"这家伙就这样子,拜托您了。"戴着穿孔耳环的一人或许也是由于害羞,笑着低下了头。

"那么一会儿见。"

四个人也不报名字,就那样走出了单间。换了邦生进来问:"快到时间了,可以马上开始吗?"

"那我们去那边了。"

裕美子和正道离开后,充留和重春被留在了准备室里。

"那我们怎么做?"重春直愣愣地呆立着,茫然说道。

"等着他们叫我们好了。"充留一边回答,一边凝神打量站在身边的男人。乱糟糟的胡子刮得干干净净,头发也用发蜡打得油光透亮。

"什么呀？"仿佛觉得有什么东西汹涌袭来，充留把说话紧张兮兮的重春从头到脚舔舐一般打量了一遍。

"你真年轻啊！"她情不自禁地自言自语道。

"啊？"

重春笑了，仿佛因为没有被找碴儿而放下了心。酒店大厅里的灯变暗，音乐由电台司令乐队的换成了酷玩乐队的。"今天承蒙诸位大驾光临，十分感谢。"邦生的声音通过麦克风响了起来，响起几声嘘声。对派对准备工作采取不合作态度的重春宛如即将上场的业余乐队的成员，整整西装，就地砰砰地蹦跳，自言自语道："喔。"充留一边盯着那样的重春看一边想，此时年轻的他还有更加年轻的时候，他曾经恋爱过、纵情欢闹过、扮过酷、装过深沉、大错特错地以为世上所有的一切都是为自己准备的。

在司仪的催促中，在酷玩乐队更加高亢的音乐中，他们走向酒店大厅。由于不知从何方照向他们的聚光灯灯光过于强烈，充留不由地眯缝起眼睛。往昏暗的大厅里望去，却只听见鼓掌声和嘘声，根本弄不清楚谁在哪里。

在仿佛要射透一切的白光里，充留一瞬间看到了自己那群人的身影，在居酒屋哭起来的裕美子，为追赶跑出去的她而不情愿地走出居酒屋的正道，和不同于上星期的女孩子在校园里散步的宇田男，专注地盯着写着潦草德语单词的黑板的麻美。在春天的公园里喝醉酒跳进水池中的他们，因在夏天的校园里放烟花惹火了协警员的他们，踩着秋天湿漉漉的枯叶行走的他们，在冬天的宿舍里边吃火锅边无休无止地促膝长谈的他们……一无所有却抱着错觉，傲慢地以为拥有一切，相信此刻手里的东西哪怕是一粒沙子都将永不丢失地拿在手里走下去。自己笑的时候不会怀疑世界也会一起笑，偷偷哭泣的时候以为世界唯独跟自己过不去。他们置身于多么无知又多么幸福的世界里啊！

聚光灯仿佛拉开了柔软的幕布一般撤离，光缓缓地变暗，与此同时，大厅里亮了起来。黑压压的人群像影子一般被赋予轮廓，转眼看清了他们每一个人的面庞。在金色的光芒中，所有的人都在笑容满面地鼓掌。

自己为什么要在这个地方？充留一瞬间糊涂起来。

她不明白为什么要像这样站在人前让别人含笑赞美，我做了什么值得让别人这样做的事情？充留想。紧挨着自己站在身边的男人动了动，扫了一眼，重春在深深地鞠躬。噢，重春，原来如此啊，原来他们在为我们庆贺。充留一瞬间想了起来，赶紧低下头行礼，和重春一样深深地低头行礼。

"按照新人的希望，今天举办一场轻松的宴会，免去致辞之类的环节。恕我不恭，请允许我带领大家干第一杯酒。"

在正道和裕美子的离婚派对上担任过司仪的邦生用欢快的声音说完，高高地举起香槟酒杯。大厅里的人们也效仿他拿起酒杯，被举起来的众多酒杯反射着金色的光，大厅看上去分外华美。在充留眼里所有人的打扮都很夸张，男的是西装领带，女的是袒胸露背的晚礼服。身着藏蓝色衣服的自己最为朴素，站在他们面前显得滑稽。

"干杯！"邦生喊一样说完，响起酒杯相碰的清脆的声音。再次响起掌声，大厅里开始喧闹起来。充留和重春一起在备于角落里的二人桌上入席。所有的人都对他们二人视而不见，站着交谈或去取准备好的食物，感觉曾经被那样热情洋溢地赞美，转眼却被当成了局外人。然而这样似乎更适合自己，这样更适合自己和重春。

充留在人群中找到了宇田男。

他少有地西装革履，打扮得衣冠楚楚，头发却睡得乱蓬蓬的。他弯着腰，正在吃似乎是刚盛来的饭菜。有谁走近宇田男打招呼，充留发现是麻美，她仿佛去开家长会一般穿着米色套装。麻美手执啤酒瓶，宇田男慌忙将盘子放到桌子上，将酒杯递过去。麻美含笑倒上啤酒，泡沫从杯子里溢出，宇田男弯腰啜饮，麻美仰起头笑。充留察觉到自己的嘴角也漾上笑意，于是她稍稍放下了心。没关系了，她想。没关系了，我能够完好谢幕了，能够将走在神田川岸边那个可怜的小姑娘送走了。

"我把这个拿过来了，吃吧，肚子饿了吧？"

邦生将盛得冒尖的盘子摆到充留和重春面前。

"啊，不好意思。"重春赶紧拿起叉子吃了起来。

"哎，这是什么？怎么像是剩饭？"

"我觉得一下子盛过来比较好。"

"后面还有什么吗?"充留问。

邦生从夹克衫的口袋里掏出一张皱巴巴的纸。

"猜拳比赛,重春朋友们的合唱,泽井夫妇《为了不离婚》十条,还有宇田男的诗朗诵,之后是切蛋糕。"他诵读一样说道。

"啊?那是什么?诗朗诵是什么?还有那个十条是什么?那两个人要做那样的事?"

"是啊。为了我们的希望之星充留,大家都全力以赴了哟。要酒吗?我拿瓶葡萄酒过来啊。"邦生说完,急急忙忙地离开了。

"你知道?还有那么多花样?"充留对重春耳语道。

"不知道。"重春一边将盛得满满的鲑鱼、意大利面和肉一股脑送进嘴里一边回答,"好像蛮了不起的啊!"重春仿佛说别人的事一样轻轻笑了。

凝神看向大厅,宇田男和麻美都不在刚才的地方了。有几个人走近充留和重春表达祝福,拍照后离开,只有自己和重春两人成了局外人的心情依然没有消失。充留一边致谢、冲着相机摆出笑脸,一边瞟了瞟身边做同样事情的重春。她想知道重春在这热闹中有什么样的感想。

充留想起来就在前些日子感悟到的远远眺望盂兰盆舞一事。此时此地,她也不由自主地产生了同样的感想,感觉热闹的中心似乎在远方,自己仿佛正从阳台上眺望着远处的灯光。成为大人或许就是这样的事情,类似于背离绽放的灯光与喧嚣回到自己的家中。充留这样认为。

"往后会怎样呢,我们?"

望着在灯光中移动的人们,充留问重春。

"好像也不会怎样的吧。"重春小声嘟囔道。

"一直寒碜下去吗?"充留嘀咕道。

"夫妻就是寒碜的吧?"

因为重春格外自信十足地说,所以充留微微地笑了。一年前进行过同样的对话,却莫名感觉来到了远离那个时候的遥远地方,虽然充留也不知道这个地方是哪里。

司仪邦生手执话筒大喊:"下面是佐山宇田男的诗朗诵。"大厅里一瞬间鸦雀不闻,宇田男有点难为情地从人群中走出来。

"曾经名噪一时、只有慧眼识珠的人才能懂的传奇小说家佐山宇田男先生今天将倾情朗诵为新娘新郎全新创作的诗篇!"

尖叫声四起。欢声雷动。掌声响起。聚光灯照着佐山宇田男。充留眯缝起眼睛看着站在那里的宇田男。宇田男窸窸窣窣地从口袋中掏出纸,煞有介事地展开,调节了一下立式麦克风的高度,清了清嗓子。

想必我不会再感受到感动和赞美了吧,充留凝望着那样的宇田男想道。诗再怎么精妙绝伦,语言再怎么优美动听,恐怕也不会压倒宇田男这一存在吧。然而,然而,我必定会全神贯注地洗耳恭听即将被诵读出来的语言。宇田男的语言如今还会色彩鲜明地呈现出来吧,使我们曾经的岁月、曾经走过的种种场景。而且某个时候,韶华早已不再的某个时候,我会不会依然像昨日的梦一样忆起宇田男语言里所呈现出的比照片还要色彩鲜明的情景呢?